Inocente en el paraíso

KATE CARLISLE

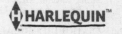

Editado por HARLEQUIN IBÉRICA, S.A.
Núñez de Balboa, 56
28001 Madrid

I.S.B.N.: 978-84-9010-889-5
Depósito legal: M-8220-2012
Editor responsable: Luis Pugni
Fotomecánica: M.T. Color & Diseño, S.L. Las Rozas (Madrid)
Impresión en Black print CPI (Barcelona)
Fecha impresion para Argentina: 5.11.12
Distribuidor exclusivo para España: LOGISTA
Distribuidor para México: CODIPLYRSA
Distribuidores para Argentina: interior, BERTRAN, S.A.C. Vélez
Sársfield, 1950. Cap. Fed./ Buenos Aires y Gran Buenos Aires,
VACCARO SÁNCHEZ y Cía, S.A.
Distribuidor para Chile: DISTRIBUIDORA ALFA, S.A.

Capítulo Uno

Logan Sutherland se dirigía al vestíbulo del exclusivo resort Alleria cuando le llegó un estruendo de cristales rotos del bar.

–El precio de los negocios –murmuró, irónico.

Pero se detuvo para aguzar el oído un momento. Y no oyó nada. Ni el menor ruido.

–Qué raro –murmuró, mirando su reloj.

Debía atender una llamada importante en quince minutos y no tenía tiempo que perder, pero el ominoso silencio hizo que cambiase de dirección para dirigirse al bar.

Logan y su hermano gemelo, Aidan, habían hecho su fortuna diseñando y gestionando exóticos hoteles de cinco estrellas por todo el mundo, de modo que unos cuantos vasos rotos no eran causa de alarma.

Pero ese estruendo solía ir invariablemente seguido de risas, alboroto y, a veces, de una pelea. Nunca de silencio.

Logan Sutherland no era de los que dejaban que ocurriese algo en su resort sin hacer nada al respecto, de modo que entró en el elegante bar… en el elegante y silencioso bar. Aunque estaba lleno de clientes y los camareros y camareras se movían de mesa en mesa sirviendo bebidas y aperitivos el silencio era desconcertante.

Un grupo de gente se había reunido al otro lado del bar, todos inclinados sobre el suelo.

Logan se acercó al jefe de camareros.

–¿Qué pasa, Sam?

El hombre señaló al grupo dejando escapar un suspiro.

–La nueva camarera ha tirado una bandeja.

–¿Y por qué todo el mundo está en silencio?

Sam tardó unos segundos en contestar:

–Estamos un poco preocupados por ella, señor Sutherland. Nadie quiere que lo pase mal.

–¿Por qué? ¿Se ha cortado con los cristales?

–No, afortunadamente no. Es una buena chica, señor Sutherland.

Logan frunció el ceño mientras se volvía para mirar a al grupo de empleados que recogía los cristales.

–Gracias, de verdad –dijo una joven a la que no había visto nunca, antes de dirigirse a la barra.

Y fue entonces cuando Logan pudo ver bien a la buena chica… y sintió como si de repente se hubiera quedado sin oxígeno.

Esperaba que se pusiera crema solar porque su piel era tan blanca como la porcelana.

Era una pelirroja de complexión pálida y pecas en la nariz, con una larga melena que caía por su espalda en lustrosas ondas. Con el uniforme oficial del resort, bikini y pareo a modo de falda, Logan no puso dejar de notar que tenía un trasero de escándalo y unos pechos perfectos.

4

Era alta, como le gustaban a él las mujeres… aunque eso carecía de importancia porque no tenía tiempo para relaciones. Por otro lado, ¿quién había dicho nada de una relación? Siempre podía encontrar tiempo para una breve aventura ya que con solo mirarla estaba calculando cuánto tiempo le costaría llevarla a su cama.

Caminaba con la gracia que algunas mujeres altas poseían de forma natural. Y, por eso, que hubiera tirado la bandeja le sorprendía ya que no parecía torpe en absoluto. Al contrario, parecía segura de sí misma, inteligente, serena. No daba la impresión de haber tirado nada en toda su vida.

¿A qué estaba jugando?

Logan pensó en su jefe de camareros, Sam, para quien la camarera era «una buena chica». En fin, Sam no sería el primer hombre que se dejaba engañar por una chica guapa.

La chica en cuestión por fin se fijó en él y sus ojos se iluminaron. Era una mujer de bandera, eso desde luego. Y Logan entendía que su duro jefe de camareros se convirtiese en un gatito en presencia de la pelirroja.

Tenía los labios gruesos y unos ojos grandes y verdes que brillaban con una simpatía que parecía genuina. Seguramente llevaba toda la vida ensayando esa expresión. Aunque solo fuera para conseguir buenas propinas.

Claro que no conseguiría propinas si tiraba las copas de los clientes. Y para eso estaba él allí.

Uno de los camareros había vuelto a colocar las

copas en su bandeja y la llamó desde el otro lado de la barra.

—Ah, gracias —dijo la pelirroja—. Eres muy amable.

Logan vio que el hombre se ruborizaba por el cumplido mientras ella sacaba un cuadernito de la cintura para estudiarlo un momento antes de colocar las bebidas en orden circular. Cuando terminó, tomó la bandeja con las dos manos e intentó levantarla.

Todo el bar se quedó en silencio cuando la bandeja se inclinó hacia un lado...

Sin pensar, Logan corrió para quitársela de las manos.

—¿Dónde va esto?

—A esa mesa de ahí —respondió ella, acompañándolo hasta una mesa frente al ventanal—. Es para los señores McKee y sus amigos.

—Ya te he dicho que puedo ayudarte si quieres —se ofreció uno de los hombres—. Pero parece que has encontrado ayuda en otro sitio.

¿Un cliente del resort Alleria estaba dispuesto a ayudar a una camarera a llevar la bandeja?

—Gracias, señor McKee, es usted muy amable —dijo ella—. Pero todos los camareros me están ayudando tanto...

—No es ningún problema —la interrumpió Logan, dejando la bandeja sobre la mesa y repartiendo las bebidas—. Espero que les gusten.

—Por supuesto —el señor McKee tomó un sorbo de su daiquiri de plátano—. Ah, qué rico está.

–Toma, bonita –dijo la señora McKee, ofreciéndole un billete de cincuenta dólares a la pelirroja–. Por el susto que te has llevado.

–Muchísimas gracias –dijo ella–. De verdad, no sé cómo agradecérselo.

–Somos nosotros los que debemos darte las gracias a ti –el señor McKee le hizo un guiño–. Eres un cielo y sentimos mucho estar volviéndote loca con los pedidos.

–No, por favor…

–Gracias –volvió a interrumpirla Logan–. Espero que disfruten de sus cócteles –añadió, tomando a la camarera del brazo para llevarla al otro lado del bar.

–Espere, tengo mucho trabajo…

–Primero vamos a hablar un momento.

–Pero oiga… ¿Quién cree que es?

–Soy Logan Sutherland, tu jefe –respondió él, mirándola de arriba abajo–. Aunque no creo que siga siéndolo mucho tiempo.

Grace hizo una mueca. Qué mala suerte que su jefe la hubiera visto tirando una bandeja llena de copas.

Antes de ir a Alleria, Grace había estado investigando a Logan y Aidan Sutherland en Internet. Sabía que habían sido campeones de surf cuando eran adolescentes y que habían usado el dinero que ganaban para abrir clubs nocturnos y bares por todo el mundo. Según los rumores, habían ganado su primer bar en una partida de póquer en la universidad, pero Grace estaba segura de que eso era una leyenda urbana.

La historia más reciente sobre los hermanos Sutherland era que habían unido fuerzas con sus primos, los hermanos Duke, propietarios de numerosos resorts en la costa Oeste.

Grace había visto fotografías de los Sutherland en Internet, pero eran fotos borrosas de los hermanos sobre una tabla de surf. En ninguna había visto lo guapos que eran de cerca. Al menos Logan.

Su jefe se detuvo frente a una puerta al fondo del bar que abrió con una tarjeta magnética antes de hacerle un gesto para que entrase. Era un despacho elegantemente amueblado con sofás y sillones de color chocolate a un lado; el otro contenía todo lo necesario para llevar una oficina del siglo XXI.

–¿Es su oficina? –le preguntó Grace, admirando las espectaculares palmeras, la arena blanca y el mar de color turquesa que se veían por la ventana.

–Bonita vista, ¿verdad? –dijo el señor Sutherland.

–Maravillosa –respondió ella–. Tiene usted mucha suerte.

–Sí, no está mal ser el jefe –la sonrisa de Logan hizo que le temblasen las rodillas.

Grace se preguntó si tal vez debería haber desayunado algo más que una barrita dietética y un zumo de mango porque a ella nunca se le habían doblado las rodillas.

Pero cuando lo miró de nuevo se dio cuenta de que iba a tener que vivir con rodillas de goma. Logan Sutherland era alto e imponente, con unos ojos de color azul oscuro en los que había un brillo burlón… seguramente dirigido a ella.

Sabía que iba a regañarla por tirar la bandeja, pero no pudo dejar de admirar esos ojos brillantes que parecían leer sus pensamientos y la mandíbula cuadrada, con un hoyito en el centro. Tenía la nariz ligeramente torcida y eso le daba un aire un poco canalla.

—Siéntate —dijo él bruscamente, indicando una de las sillas frente al escritorio. Grace lo hizo pero él se quedó de pie, sin duda para intimidarla.

Pero no le importaba. Si aquellos iban a ser sus últimos minutos en el Caribe, los pasaría encantada mirando al señor Sutherland. Era un hombre guapísimo y musculoso, aunque no había visto sus músculos más que en fotografías. Tristemente, el impecable traje de chaqueta cubría su cuerpo por completo. Pero Grace sabía por las fotos que había visto que tenía un cuerpazo.

Antes del viaje a Alleria no había salido mucho del laboratorio, de modo que nunca había visto a alguien como él. Tenía unos hombros tan anchos que le gustaría tocarlos…

Aunque ese era un pensamiento completamente ridículo.

—Tengo la impresión de que nunca has trabajado como camarera. ¿Es así?

Grace respiró profundamente. No le gustaba mentir, pero tampoco podía contarle toda la verdad.

—Sí, así es, pero…

–Eso es todo lo que quería saber –la interrumpió él–. Estás despedida.

–¡No! –exclamó ella–. No puede despedirme aún...

–¿Aún? –repitió Logan–. ¿Por qué no? ¿Porque aún no has podido romper todas las copas del bar?

–No, claro que no. Pero es que... no puedo volver a casa.

–¿Cómo te llamas?

–Grace Farrell.

–Mentiste en tu solicitud de trabajo, Grace.

–¿Cómo sabe que mentí?

–Muy sencillo –Logan se cruzó de brazos–. Yo no contrato a camareros sin experiencia y es evidente que tú no la tienes, de modo que debiste mentir en la entrevista.

–Señor Sutherland, por favor, deme otra oportunidad –le suplicó Grace–. Tenía una buena razón para mentir... bueno, para no contar toda la verdad.

–¿No me digas?

–¿Está dispuesto a escucharme?

–Soy un hombre razonable –respondió él, dejándose caer en el sofá–. Pero hazlo rápido. Tengo muchas cosas que hacer.

–Verá... –Grace se aclaró la garganta, deseando llevar puesto algo más que un bikini y un pareo que se ataba por debajo del ombligo–. Usted tiene unas esporas...

–¿De qué estás hablando? No te entiendo.

–En esta isla hay unas esporas muy raras que algún día salvarán vidas. Soy investigadora científica y he venido aquí a estudiarlas –terminó ella.

Logan miró su reloj.

–Buen intento, pero no funciona. Estás despedida. Te quiero fuera de la isla en una hora.

–No, por favor –Grace se levantó de la silla–. Señor Sutherland, usted no lo entiende. Me niego a irme de la isla, tengo que quedarme aquí para trabajar.

Logan negó con la cabeza.

–Me temo que eres tú quien no lo entiende.

–Sé que mentí en la entrevista, pero no pienso irme de la isla hasta que haya conseguido lo que he venido a buscar.

Logan tenía que admirar el coraje de Grace Farrell. Sus ojos verdes se habían encendido mientras defendía con vehemencia su puesto de trabajo y no pudo dejar de preguntarse si sería igualmente apasionada en la cama.

Guiñó los ojos, imaginándola desnuda en su cama… pero enseguida sacudió la cabeza. ¿Qué estaba haciendo? Grace había mentido en la entrevista de trabajo, había roto varias copas y estaba haciéndole perder el tiempo.

Pero esa vívida imagen sexual le había robado el aliento y se tomó unos segundos para reconsiderar la idea de echarla de la isla. Sí, era una mentirosa, pero una mentirosa guapísima. ¿Por qué no disfrutar de unos días de sexo antes de echarla de allí?

La idea le parecía más que apetecible. Eso no significaba que confiase en ella, pero la verdad era que lo intrigaba y lo excitaba. No pasaría nada por dejarla hablar unos minutos.

–Bueno, háblame de esas esporas que estás tan ansiosa de encontrar –le dijo, arrellanándose en el sofá.

Grace empezó a pasear por la oficina, nerviosa.

–Las esporas de Alleria copian los genes reproductivos de los seres humanos y son esenciales para mi investigación sobre réplica de genes. Llevo diez años trabajando en este proyecto y he tenido que usar las mismas esporas durante los dos últimos. Es necesario que encuentre esporas nuevas para conseguir fondos y continuar mis estudios.

–¿Réplica de genes?

–¿Sabe a qué me refiero?

–Sí, claro. Bueno, me hago una idea.

–Ah, qué bien –Grace se llevó una mano al corazón–. Entonces entenderá lo importante que es para mí encontrar nuevas esporas. Mi tesis sobre sus patrones de reproducción ha despertado mucho interés y estoy segura de que, gracias a mis estudios, algún día se podría encontrar la cura para muchas enfermedades.

–¿Ah, sí? –Logan no entendía nada, pero no se molestó en decirlo.

–Por supuesto –respondió ella–. Estoy a punto de terminar mis estudios preliminares y he solicitado una beca para seguir investigando. Es un trabajo importante, señor Sutherland, pero necesito esporas nuevas y las necesito cuanto antes.

–Ya veo –dijo él. Aunque, por su tono, no había entendido nada.

–Soy investigadora y muy buena, señor Sutherland. Pero necesito este trabajo para seguir con mis estudios. Su resort es una de las pocas fuentes de empleo en esta isla.

–Es la única fuente de empleo –le recordó él–. De modo que la razón por la que mentiste en la entrevista de trabajo es que querías vivir gratis en el resort para estudiar esas esporas.

–Sí, bueno, pero…

–Y has pensado que podrías trabajar como camarera.

–Pensé que sería más fácil pero la verdad es…

–Que no eres camarera.

–No, no lo soy.

Logan se encogió de hombros entonces.

–Lo siento mucho, pero estás despedida.

–¡Espere un momento! –Grace se sentó a su lado en el sofá, respirando agitadamente, sus pechos subiendo y bajando a unos centímetros de él. Olía a… algo exótico, una mezcla de azahar y jazmín. De cerca podía ver que también tenía pecas en los hombros y sintió el absurdo deseo de tocarlas–. ¿Es que no me ha escuchado? No pienso irme de aquí.

–Puedes reservar una habitación y estudiar las esporas todo lo que quieras. Pero no esperes que yo te pague los estudios.

–Pero…

Logan vio que le temblaba el labio inferior. No iba a ponerse a llorar, ¿no? Si lo hacía, la echaría de allí antes de que pudiese decir «espora». Llorar era una forma femenina de manipulación, él lo sabía por experiencia.

–No puedo reservar una habitación, no tengo dinero. La única forma de quedarme en la isla es trabajando aquí.

–No, lo siento.

–Muy bien –dijo ella entonces, levantándose con gesto desafiante–. Dormiré en la playa, pero no pienso irme.

–Espera un momento. Nadie duerme en mi playa –replicó él, levantándose a su vez.

–¿Su playa?

–Eso es –respondió Logan–. Esta isla es de mi propiedad y yo digo quién se queda y quién se va. No quiero vagabundas cerca del resort.

–Yo no soy una vagabunda –protestó ella, cruzándose de brazos. Estaba haciendo pucheros, pero Logan debía admitir que le gustaría pasar la lengua por esos labios.

–Si duermes en la playa, lo serás.

Grace respiró profundamente, como intentando encontrar valor.

–No pienso irme, señor Sutherland –anunció–. Tengo que encontrar esas esporas y no pienso volver a casa sin ellas.

Logan la observó en silencio durante unos segundos.

–No pareces una investigadora.

–¿Qué tiene que ver mi aspecto?

Él estuvo a punto de soltar una carcajada. Su aspecto era la razón por la que seguía allí. Si no entendía eso, tal vez había estado escondida en un laboratorio durante los últimos diez años.

Un momento. ¿Diez años? Grace no podía tener más de veinticinco, de modo que no estaba diciendo la verdad. Otra vez.

Era una mentirosa, así de sencillo.

Pero antes de que pudiese decirlo en voz alta, ella siguió:

—Puede que no parezca una investigadora, pero eso es exactamente lo que soy. Y tengo intención de quedarme aquí hasta que pueda terminar mi trabajo.

—Lo siento mucho, pero no puedes quedarte.

Ella dio un paso adelante para mirarlo a los ojos. Y, aunque tuvo que inclinar la cabeza para hacerlo, su estatura no parecía intimidarla.

—No me importa suplicar —empezó a decir—. Tengo que quedarme en la isla y estoy dispuesta a hacer lo que haga falta. Si no quiere que sea camarera puedo limpiar habitaciones… o regarle las plantas, me da lo mismo. Solo le pido tener la mañana libre para mis esporas. El trabajo de camarera es ideal, pero seguro que hay alguna otra cosa que pueda hacer. ¡Puedo cocinar! —exclamó entonces—. No soy una gran cocinera pero puedo hacer ensaladas o…

¿Estaba dispuesta a hacer lo que hiciera falta? ¿Se daba cuenta de lo peligrosa que era esa oferta?, se preguntó Logan. Por un momento pensó que era tan inocente como parecía, pero de inmediato apartó de sí esa idea. Grace Farrell era tan manipuladora

15

como todas las mujeres que había conocido en su vida. Intrigante, preciosa, sexy pero manipuladora y mentirosa.

Y su cerebro estaba como embotado por su erótico aroma. Tal vez estaba loco, pero la deseaba como no había deseado a ninguna otra mujer.

–Muy bien –dijo Logan por fin–. Te doy una semana para demostrar que eres capaz de ser una buena camarera. Si no, tendrás que irte de la isla.

–¡Gracias! –Grace se echó en sus brazos de repente–. Muchísimas gracias, de verdad.

Logan respiró su perfume y tuvo que hacer un esfuerzo sobrehumano para apartarse.

–Pero no vuelvas a tirar más copas.

–No lo haré, señor Sutherland.

–Y no me llames señor Sutherland. Todo el mundo me llama Logan.

–Gracias, Logan. Por favor, llámame Grace –dijo ella, Entonces le tomó la mano y, mirándolo a los ojos dijo–: No tienes idea de lo que esto significa para mí. Y te prometo que seré la mejor camarera que hayas contratado nunca.

–¿No me digas?

–En serio –insistió Grace, sacando un cuadernito de la cintura–. Yo aprendo muy rápido. Ya he memorizado los ingredientes de la guía de cócteles y en cuanto a llevar las bandejas… bueno, después de todo es una simple cuestión de física. Sencillamente, debo determinar la correcta colocación espacial en la bandeja… mira esto –Grace le mostró un diagrama dibujado en el cuadernito–. Como ves, es una

16

réplica de nuestro sistema solar. En miniatura, por supuesto. Mi teoría es que si las copas están colocadas de esta manera, conseguiré equilibrarla.

Logan esbozó una sonrisa.

–Una teoría interesante.

–Sí, lo es –Grace miró el diagrama y luego a él–. Es que no tengo costumbre, pero a partir de ahora…

–Es algo más que física. También es una cuestión de fuerza en los brazos y en la parte superior del torso.

–Ah, entonces estás de acuerdo conmigo. En cuanto tenga controlada la dinámica, será muy sencillo.

Él sacudió la cabeza, perplejo.

–Yo no he dicho…

–Gracias, señor Sutherland… –lo interrumpió ella–. Prometo que no lo lamentará.

–Logan –repitió él–. Y tienes una semana para mejorar o tendrás que irte.

Capítulo Dos

Había escapado por un pelo.

Temblando al recordar la charla que Logan Sutherland le había dado el día anterior, Grace siguió doblando y organizando su ropa en el cajón.

Aunque había esperado estar allí al menos un mes, todo lo que había llevado cabía en dos cajones. Pero cuando hizo la maleta en Minnesota había pensado que no necesitaría más que unas cuantas camisetas y pantalones cortos para buscar esporas en sus horas libres. Y el hotel ofrecía un uniforme a las camareras.

–Uniforme –murmuró Grace, sacudiendo la cabeza.

Serena, la gerente del bar le había preguntado su talla y luego le había dado dos bikinis estampados y una tela casi transparente a la que llamaba pareo.

Pero ella estaba desesperada por quedarse, de modo que no le importó. Y tampoco le importaba llevar cinco kilos de copas en una bandeja si de ese modo podía seguir viviendo en el hotel durante un mes para recolectar sus preciosas esporas.

Esa misma mañana había empezado a hacer ejercicio con pesas para fortificar sus bíceps.

Mirando la elegante habitación, con su paredes

blancas, sus altos techos y la maravillosa panorámica del Caribe por la ventana, Grace se permitió a sí misma un momento de felicidad. ¿Cómo había tenido la suerte de acabar en un sitio tan precioso?

Por supuesto, era una pregunta retórica porque ella sabía muy bien cómo había acabado allí. Pero era increíble que cuarenta y ocho horas antes hubiera estado corriendo por el aeropuerto de Mineápolis para tomar su vuelo. Y no era fácil correr con una maleta, un abrigo de lana, un grueso jersey, vaqueros, guantes y botas.

Menuda diferencia, pensó. Aquel día llevaba un bikini de color rosa, un pantalón corto de lino y sandalias.

Ella siempre había vivido una vida ordenada, disciplinada, predecible, segura. Pero ahora no sabía qué iba a ocurrir al día siguiente.

Para empezar, Logan Sutherland le había dado una semana para mejorar o tendría que marcharse.

Le molestaba no haber averiguado que los hermanos Sutherland eran propietarios no solo del resort sino de la isla.

Mientras se sujetaba el pelo en una coleta notó que le ardía la cara al pensar en el señor Sutherland... Logan. Aunque no era una sorpresa. A pesar de sus amenazas, era el hombre más atractivo que había visto nunca.

Claro que tampoco había visto muchos hombres atractivos en su vida, debía reconocer. No, los hombres como Logan Sutherland no solían pisar un laboratorio.

Debería haberse acobardado cuando lanzó el ultimátum, pero ella nunca se acobardaba. En el pasado había tenido que enfrentarse a muchos retos y el señor Sutherland, Logan, era sencillamente uno más.

Logan no había tomado en consideración que ella era una luchadora y que disfrutaba superando obstáculos. Cuanto más complicados, mejor. Para ella, aquella situación era un nuevo rompecabezas que resolver. Aprendería las reglas del juego, como había hecho toda su vida, y luego descifraría el rompecabezas. Cualquier otra cosa era inconcebible.

Grace miró el reloj de la mesilla. Era hora de irse a trabajar, pensó. Pero cuando miró la playa de nuevo deseó poder parar el reloj y tener todo el tiempo del mundo para disfrutar de aquella vida. Le gustaría sentir el sol en la espalda, caminar descalza por la arena y nadar en las transparentes aguas de la bahía de Alleria. Le gustaría tomar champán y besar a un hombre guapo bajo la luna caribeña...

−No pienses tonterías −se regañó a sí misma. Esos pensamientos no llevaban a ningún sitio y eran peligrosos.

Ella no tenía tiempo para nadar, pasear o disfrutar de románticas noches a la luz de la luna. Su vida consistía en estudiar e investigar y todo se iría al garete si no conseguía convencer a Logan de que podía ser una buena camarera.

Tomando su maletín de trabajo y una toalla del baño, Grace salió de la habitación y atravesó el vestíbulo del hotel antes de sentir los primeros rayos de sol sobre su piel. Poniéndose las gafas de sol, caminó entre las palmeras hasta llegar a la playa.

Al paraíso.

Se quedó admirando el paisaje durante treinta segundos, respirando la deliciosa brisa del mar. Frente a ella, las aguas transparentes del Caribe y tras ella las colinas verdes cubiertas de lujuriosa vegetación. En el puerto había varios yates atracados...

Muy bien, hora de trabajar.

Grace fue de palmera en palmera, mirando en la base del tronco, donde se dividían las raíces, para encontrar las raras esporas de Alleria que había ido a buscar.

El sol calentaba con fuerza aunque eran las ocho de la mañana y se alegraba de haberse puesto crema solar. Debería haber llevado un sombrero, pero tenía tanta prisa mientras hacía el equipaje en Minnesota que no había pensado en el fuerte sol tropical. Otra prueba de que no era tan lista como todo el mundo creía.

Entonces recordó la conversación con Logan Sutherland el día anterior. Sí, era cierto que había mentido en la entrevista, pero también debía admitir que había subestimado el trabajo de camarera. Y no volvería a cometer ese error, especialmente después de ver cuánto trabajaban los empleados del bar.

–Bueno, olvídalo –murmuró.

Al menos había convencido a Logan para que la dejase intentarlo. Y si pudiese encontrar las esporas que buscaba...

Un yate que se dirigía al puerto en ese momento llamó su atención. En aquella isla siempre había algo que llamaba su atención, algo completamente nuevo para ella, como esos yates. Sonriendo, se estiró, dejando que el sol le acariciase la piel.

¿Se había sentido alguna vez así de calentita sin una chaqueta?

Había vivido en Minnesota toda su vida y era feliz allí, pero estaba empezando a darse cuenta de que había pasado gran parte de su vida muerta de frío.

Y estaba tan cansada de tener frío, tan harta de tener que ponerse capas y capas de ropa, camisetas térmicas, guantes y bufandas durante gran parte del año.

Alleria era un sitio precioso y, sobre todo, cálido. Tan diferente a todo lo que ella conocía...

Grace se tomó otro minuto para estirar los músculos, levantando los brazos y doblándose para tocarse los dedos de los pies.

Cuando Logan señaló la importancia de la fuerza para sujetar la bandeja, Grace se dio cuenta de que tenía razón. Estaba en buena forma, pero necesitaba fuerza en los brazos y en la parte superior del tronco si quería levantar esas pesadas bandejas.

Estaba decidida a hacer que Logan Sutherland reconociese que se tomaba su trabajo en serio porque no podía volver a casa. Necesitaba esa beca para seguir investigando y para conseguir la beca tenía que encontrar suficientes esporas.

Mientras se erguía, pensó que a Logan Sutherland sus investigaciones le importaban un bledo. A él solo le importaba que hiciese bien su trabajo como camarera.

Pensativa, se metió en lo que parecía una jungla de palmeras. Allí la vegetación creaba más sombra, pero en lugar de ser más fresco era más caluroso, pegajoso incluso. La abundancia de plantas evitaba que la brisa del mar se filtrase, pero la humedad era buena para las esporas.

Como había esperado, unos minutos después encontró lo que buscaba; bajo una palmera, protegidas por unos helechos, encontró las esporas.

–Ahí estáis, preciosas.

Grace colocó la toalla en el suelo y de su maletín sacó una lupa especial para estudiar de cerca la preciosa vida vegetal.

Al contrario que muchas otras plantas, aquellas esporas podían vivir sin la luz del sol. Pero necesitaban la humedad que había allí y parecían estar reproduciéndose como locas.

Grace sonrió mientras observaba ese mundo microscópico. Llevaba muchos años investigando esas esporas, desde que el profesor Hutchins, su primer mentor, le mostró un tratado sobre ellas. Eso la había animado a hacer sus propios experimentos.

Eran valiosas por muchas razones, incluyendo los estudios sobre réplica de genes que le había mencionado a Logan, pero lo más emocionante era que la mitocondria que se encontraba en las células de las esporas contenía un tipo raro de fitohormona que tenía muchas aplicaciones en medicina. Su último experimento había demostrado que esa fitohormona podía tener efectos adversos en las células cancerígenas humanas, pudiendo suprimir ciertas células o, en el caso de su último experimento, matarlas por completo.

La posibilidad de que sus estudios pudiesen llevar a la destrucción de las células cancerígenas la emocionaba como nada en el mundo. No podía dejar de investigar, del mismo modo que no podría dejar de respirar.

Pensó entonces en su primer día de laboratorio, cuando tenía ocho años. Había pasado miles de horas en él desde entonces, pero saber que los últimos años de trabajo podían llevarla a salvar vidas la hacía olvidarse del cansancio, del dolor y de la soledad. Todo merecía la pena.

Recientemente, Grace había entrado en una fase crítica en la investigación. Y el problema era que, aunque algunas de las esporas del profesor Hutchins aún seguían produciendo una cantidad decente de progenie, estaban empezando a morirse. De modo que necesitaba especímenes nuevos y más fuertes para seguir adelante.

Si no fuera porque Walter Erskine estaba intentando robarle el resultado de sus últimos experimentos y colgarse las medallas no estaría tan desesperada.

Le ardió la cara al recordar cómo la había engañado Walter haciéndola creer que estarían juntos para siempre. ¿Como podía haber sido tan ingenua?

Pero decidió dejar de pensar en ello. Se negaba a culparse a sí misma por las mentiras de Walter. En realidad, era un estafador que había engañado a todo el departamento. Pero era su trabajo lo que estaba en peligro, no el de los demás.

Tomando un par de guantes desechables y unos fórceps especiales, cortó cuidadosamente un grupo de esporas y las colocó sobre una placa de petri. Siguió haciéndolo durante una hora, numerando las placas y anotando en su cuaderno el lugar donde estaba la palmera, el ángulo del sol y la temperatura en el preciso momento de cortar las esporas.

Había tomado un cuenco de frutas tropicales en la cafetería, pero estaba un poquito mareada, de modo que tal vez debería desayunar algo más que fruta y yogur cada mañana. Lo último que deseaba era desmayarse mientras llevaba una bandeja porque podía imaginar lo que haría Logan Sutherland.

Después de guardar las placas en su maletín se quitó los guantes, deseosa de volver a su habitación, donde tenía el microscopio y su equipo de trabajo.

Pero cuando se dio la vuelta estuvo a punto de chocar con Logan Sutherland, que la sujetó por los hombros.

–¿Qué haces aquí... y sin un sombrero para el sol? –le espetó él.

Grace había estado tan absorta en su trabajo que no lo había oído llegar. Llevaba un pantalón corto de color caqui y una camisa hawaiana descolorida. Su piel estaba muy bronceada y no parecía haberse afeitado esa mañana. Y, sin embargo, le parecía más peligroso que el día anterior, con su caro traje de chaqueta.

–He estado en la sombra todo el tiempo –se defendió.

–Pronto descubrirás que en el Caribe eso no vale de nada –Logan se quitó la gorra que llevaba–. No es mucho, pero te protegerá la cara.

–No es necesario –dijo ella, dando un paso atrás. Era tan alto, tan masculino, y la ponía nerviosa que la mirase de esa forma–. Volvía a mi habitación ahora mismo.

–Es igual, ponte la gorra.

–Muy bien –suspirando, Grace se la puso. No quería darle ninguna razón para que la despidiera–. Gracias, te la devolveré esta tarde.

–No hay prisa. En el hotel hay una tienda llena de sombreros para el sol. Te hará falta uno si vas a seguir trabajando al aire libre.

–Lo compraré esta misma tarde.

–Muy bien. Y compra más crema solar –dijo él entonces, bruscamente–. No quiero que te quemes.

–Gracias.

Logan se metió las manos en los bolsillos del pantalón.

–¿Has estado buscando esporas?

–Sí –respondió Grace–. Y he encontrado una colonia aquí mismo. Ven a verlas, se están reproduciendo.

–¿Porno de esporas? –bromeó él.

–Ya sé que te parece raro, pero para mí es fascinante ver cómo se reproducen.

Logan miró.

–¿Dónde están? No veo nada.

–Toma la lupa… es una lupa especial, casi como un microscopio.

Logan miró las esporas con la lupa.

–¿Están teniendo relaciones sexuales ahora mismo?

Grace se puso colorada. La cara de Logan estaba a un centímetro de la suya y si se inclinaba un poco…

Qué tontería, pensó entonces.

–Sí, supongo que se podría llamar así. Lo hacen a esta hora cada mañana.

Él levantó una ceja.

–Ah, entonces tienen una disciplina admirable.

–Son muy disciplinadas –dijo ella, hipnotizada por su sonrisa. Tenía unos dientes perfectos, rectos y blancos, y una boca tan sexy que le parecía irresistible…

Con la cara ardiendo, Grace se incorporó.

–Tengo que irme. Debo llevar todo esto a mi habitación… en fin, adiós.

Y luego salió corriendo como un conejito asustado, sintiendo la mirada de Logan Sutherland en su espalda. Pero mientras volvía al hotel iba regañándose a sí misma por portarse como una tonta. ¿Habría visto Logan que se ponía colorada? Esperaba que no.

Aunque quería echarla de la isla, a pesar de saber que buscaría cualquier excusa para librarse de ella, seguía encontrándolo irresistible.

–Pero resistirás –se dijo a sí misma. No tenía más remedio que hacerlo.

Había pasado los últimos años de su vida metida en un laboratorio de biogenética, pero tenía los pies en la tierra. Leía revistas, veía la televisión y tenía amigos… bueno, su mejor amiga era su mentora, que la invitaba a cenar con su familia una vez al mes. Y Grace agradecía mucho esas invitaciones porque apenas veía a su propia familia.

La cuestión era que sabía que un hombre como Logan Sutherland no era para ella y, a partir de aquel momento mantendría las distancias. Sería amable con él, pero nada más. No debía olvidar que quería echarla de la isla, lejos de las esporas que eran fundamentales para su trabajo.

Aunque lidiar con Logan sería pan comido comparado con el infierno que había tenido que vivir en los últimos seis meses. De modo que lo único que debía recordar era que no pensaba irse de la isla hasta que tuviera sus esporas.

Capítulo Tres

El bar estaba lleno de clientes que pedían copas, reían y bailaban. La música estaba lo bastante alta como para disfrutarla, pero sin que fuese atronadora. La iluminación era lo bastante sutil como para hacer que todo el mundo pareciese más atractivo de lo que era en realidad y esa noche contaban, además, con la luna llena que se reflejaba en el mar.

Normalmente, Logan paraba un momento en el bar para saludar a los clientes, pero no solía quedarse mucho tiempo. Sus empleados eran de toda confianza y conocían el negocio de arriba abajo, de modo que no lo necesitaban allí haciendo de centinela.

Pero allí estaba de todas formas y no pensaba marcharse. Intentando mostrarse despreocupado, Logan se apoyó en la barra para tomar un trago de su whisky de malta y, mientras el líquido le calentaba la garganta, intentó fingir que no estaba allí para vigilar a su nueva empleada.

–Ya tengo la comanda, Grace –dijo uno de los camareros.

–Gracias, Joey –replicó ella, regalándole una sonrisa mientras empezaba a colocar las copas en la bandeja.

Como le prometió, no había tirado ninguna esa noche. Pero solo porque los clientes, y algunos de los camareros, estaban siempre dispuestos a llevar la bandeja por ella. Uno incluso había tomado la comanda por ella en un par de ocasiones. Era lo más raro que había visto en su vida.

Normalmente, los camareros se mostraban territoriales con sus clientes por las propinas. Pero en el caso de Grace, todos parecían estar a su disposición. Y Logan debía admitir que ella compartía sus generosas propinas con los compañeros.

La vio colocar las copas en ese patrón cósmico que, según ella, era el más lógico, y contuvo el aliento cuando intentó levantar la bandeja con una sola mano. ¿Qué iba a hacer? Debía haber al menos diez copas en esa bandeja. ¿Por qué no la ayudaba Joey?

Logan se apartó de la barra, pero antes de que pudiese llegar a su lado, Clive, uno de los camareros con más experiencia, se acercó a ella.

–Dobla las rodillas para dejar la bandeja en la mesa, cielo –le explicó–. Y pon toda la fuerza ahí –añadió, rozando sus muslos–. Respira con el estómago, es lo mejor.

Grace respiró profundamente y empezó a caminar, siguiendo las instrucciones de Clive.

Todos la miraban con aprensión mientras se movía entre las mesas y, cuando dobló las rodillas para dejar la bandeja, los clientes del bar aplaudieron.

Grace se volvió con una sonrisa, pero al ver a Logan la sonrisa desapareció.

Demonios. Él no quería asustarla, de modo que

levantó el pulgar en gesto de aprobación. Y cuando sonrió, fue como si todo el bar se iluminase.

Satisfecho al ver que, aparentemente, no iba a romper más copas, Logan volvió a tomar un trago de whisky. Pero entonces se dio cuenta de que Grace había vuelto a manipularlo. ¿A quién le importaba si sonreía o no? No estaba allí para pasarlo bien. Estaba allí para trabajar.

—Sírveme otro whisky —le dijo al camarero, con los dientes apretados.

Aprovechando la tranquilidad del amanecer, Logan salió al mar con su tabla de windsurf. Después de ajustar el mástil y la vela, se tumbó encima y empezó a remar con las manos.

Podría resultar extraño, pero desde el primer día había sabido que Alleria era su hogar. El mar era cálido durante todo el año, de modo que no tenía que llevar un traje de neopreno. Y el agua era transparente; incluso a diez metros podía ver el fondo. Para él, después de diez años saltando las olas en el norte de California, donde su padre los había enseñado a hacer surf a los siete años, eso era un milagro.

Logan siguió remando con las manos y, cuando el viento hinchó la vela, se subió de un salto a la tabla.

En unas horas tendría que ponerse a estudiar contratos y hacer llamadas de teléfono pero, por el momento, intentó no pensar en nada y disfrutar del viento que movía la tabla. Aunque no era fácil para él, un hombre obsesionado por el trabajo que últimamente tenía dificultades para relajarse.

Años atrás, Aidan y él vivían por y para el surf. Entonces era casi una religión para ellos: el hombre y la naturaleza unidos por las fuerzas elementales del universo...

Aún recordaba el momento exacto, años atrás, cuando tuvo que enfrentarse a una ola de cuatro metros y pensó que, si podía sujetarse sobre una tabla contra ese gigante, podría conquistar el mundo.

Su hermano y él habían viajado por todo el globo, ganando las más prestigiosas competiciones. Siendo mellizos idénticos, a menudo eran tratados como celebridades, con todos los beneficios que eso incluía. Especialmente las mujeres, que eran una tentación irresistible.

Era una vida loca que podría habérselos tragado si no hubieran tenido el ejemplo de su padre. Un hombre serio y responsable, Tom Sutherland les recordaba a menudo que debían prestar atención. «Nunca le deis la espalda al mar», solía decir. «Nunca se sabe cuándo va a llegar una ola gigante».

En resumen, que no debían bajar la guardia.

Logan había aprendido que eso se aplicaba también a las mujeres, pero había bajado la guardia cinco años antes, cuando conoció a Tanya y se convenció a sí mismo de que estaba enamorado. Cuando le pidió que se casara con él y ella aceptó, pensó que su vida estaba completa… aunque la felicidad duró poco. Un año más tarde, Tanya murió en un accidente de coche y poco después del funeral sus miedos se vieron confirmados: Tanya iba a encontrarse con su amante cuando su coche se salió de la carretera.

Y por si esa traición no fuera suficiente para desconfiar de las mujeres, Logan solo tenía que recordar que su propia madre los había abandonado cuando Aidan y él tenían siete años.

En esos años, el dolor y la sorpresa por la muerte de Tanya se habían mezclado con el sentimiento de culpa por no haberla amado de verdad. Se había creído enamorado de ella, pero antes del accidente la relación ya estaba rota. Tal vez no era capaz de amar a nadie y no le importaba. Había muchas mujeres en el mundo y él las disfrutaba siempre que podía. Cuantas más, mejor. Pero eso no significaba que fuera a enamorarse y, desde luego, nunca volvería a confiar en una mujer.

Cuando volvía a la playa vio a Grace Farrell entre un grupo de palmeras. Sin darse cuenta, apretó el mástil de la tabla con fuerza mientras observaba a la guapa pelirroja detenerse en cada palmera para estudiar sus raíces. Se alegró al ver que había seguido su consejo y llevaba un sombrero y una blusa de manga larga que la protegerían del sol.

Pero no había nada que cubriera sus largas y torneadas piernas, que Logan admiró mientras se inclinaba para buscar esporas.

Esporas, por el amor de Dios.

Un momento después, Grace se irguió y, al verlo, lo saludó con la mano.

−¡Buenos días!

–Lo mismo digo –Logan dobló la vela y la aseguró con una tira de velcro, tirando de la tabla para que no se la llevaran las olas–. ¿Buscando esporas?

–Sí –respondió ella–. ¿Llevas mucho tiempo haciendo surf?

–Una hora.

Grace miró la tabla y luego a él.

–¿Y cómo puedes mantenerte de pie sobre esa cosa?

Logan se pasó las manos por el pelo mojado.

–Es magia.

–Debe serlo –murmuró ella, mirando su torso desnudo–. ¿Quieres una toalla?

–No, gracias. Estoy bien.

–Pero estás tan mojado y… en fin, es una toalla del hotel.

–Bueno, si es mía… –riendo, Logan tomó la toalla.

No debía haber visto muchos hombres medio desnudos en el laboratorio porque se había puesto colorada hasta la raíz del pelo. Y esperaba que se sintiera incómoda; se lo merecía por manipular y mentir.

Logan la estudió mientras se secaba. Llevaba cuatro días en la isla y, como le había dicho, cada mañana salía a buscar esporas y luego trabajaba en el bar. Y no había vuelto a tirar una sola bandeja desde el fiasco del primer día.

Notó entonces que tenía las mejillas coloradas del sol y eso le gustó tanto como sus fabulosas piernas y su perfecto trasero. Aun sabiendo que era una mentirosa y que no debía confiar en ella, Logan la encontraba increíblemente atractiva. La quería en su cama con una urgencia que ella notaría si no se marchaba de allí inmediatamente.

–Tengo que trabajar –murmuró por fin, devolviéndole la toalla antes de darse la vuelta.

Grace sujetó la toalla mojada contra su pecho mientras observaba a Logan entrando en el hotel.

Y luego se la llevó a la cara para calmarse un poco. Nunca había conocido a un hombre tan formidable… desde luego a ninguno con un cuerpo como aquel. O unos ojos. O ese pelo, adorablemente corto y de punta.

Pero, por favor, ¿significaba eso que tenía que babear delante de él? ¿Y no se le había ocurrido decir algo más inteligente que: «cómo puedes mantenerte de pie sobre esa cosa»?

¿Qué le pasaba?

Debía ser su sonrisa, pensó. Era la primera vez que sonreía sin un ápice de sarcasmo o ironía. Y ese torso… Logan Sutherland tenía un torso de cine. Se había preguntado cómo sería sin el traje de chaqueta y ahora lo sabía.

Grace volvió a su tarea y, para olvidarse de la sonrisa de Logan, recitó mentalmente la tabla periódica de elementos; un truco efectivo cuando tenía problemas para concentrarse. Desgraciadamente, aquel día no funcionaba. Grace temía que esa sonrisa suya la hubiera desconcentrado por completo.

Suspirando, se adentró en el palmeral. A pesar del calor, agradecía la humedad de aquel sitio porque era el mejor sitio para las esporas.

–Queridas esporas –murmuró.

Si alguien la oyese pensaría que era un ser patético, pero la verdad era que a veces se sentía más cerca de aquellos organismos unicelulares que de los seres humanos. Bueno, salvo Phillippa. Su compañera de laboratorio y mentora era, además, su amiga, y en aquel momento le iría bien charlar con ella. Una de las cosas que más le gustaba de Phillippa era que siempre tenía una opinión formada sobre todo y Grace se preguntó qué pensaría de Logan Sutherland.

Aunque estaba segura de que diría: «Está como un tren».

Bueno, sí, estaba como un tren, era cierto. Pero a ella le daba igual. Logan era su jefe y no tenía por qué pensar en él de ese modo. Lo único que quería de Logan Sutherland era que la dejase quedarse allí trabajando de camarera unos meses.

Intentando olvidarse de Logan, Grace siguió buscando las palmeras en las que había encontrado las esporas el día anterior para colocar una plaquita en los árboles de los que ya había extraído especímenes. Quitaría las plaquitas el último día, pero hasta entonces sería un buen mapa para ella.

Una hora más tarde, dejó atrás el palmeral y volvió al hotel. Después de comprar un sándwich en la cafetería fue a su habitación para estudiar sus hallazgos y guardar en la nevera los nuevos especímenes que había encontrado. Luego se duchó y se vistió para trabajar, contenta de que la hubiesen cambiado al turno de dos a diez de la noche. El bar estaba abierto hasta las tres de la mañana y los camareros de ese turno recibían las mejores propinas, pero ella prefería levantarse temprano.

Cuando atravesaba el vestíbulo pasó al lado de una joven que estaba llorando y se detuvo, preguntándose si debía entrometerse. ¿Una camarera del hotel debía acercarse a una clienta? ¿Importaba eso? La chica estaba llorando, de modo que Grace se acercó.

–¿Te encuentras bien?

La joven asintió con la cabeza.

–Sí, sí, estoy bien.

–Las dos sabemos que eso no es verdad –Grace se sentó a su lado–. ¿Puedo hacer algo por ti?

–Estoy de luna de miel…

–Entonces, deberías estar contenta, no triste.

–Pero es que… no, no puedo hablar de ello.

–Claro que puedes –Grace le puso una mano en la rodilla–. No sé si yo podré hacer algo, pero al menos te servirá de desahogo.

Logan vio a Grace charlando con una de las clientas del hotel y se acercó a ellas sin hacer ruido. Aunque podría haberlo hecho dando pisotones, estaban tan concentradas en la conversación que no lo habrían oído.

Grace llevaba el bikini y el pareo y Logan supo

sin mirar el reloj que su turno en el bar estaba a punto de empezar. Entonces ¿qué estaba haciendo allí?

–Dile que le dedique más tiempo a este sitio –Grace señaló su cuaderno–. Yo creo que eso te gustará.

La joven miró el diagrama que había hecho.

–¿Seguro que es ahí? Porque mi marido no se ha acercado a ese sitio.

–Pero lo hará si tú se lo pides –Grace arrancó la página para dársela a la joven.

–Eso espero –dijo ella, con una sonrisa trémula–. No quiero pasarme llorando toda la luna de miel.

–Seguro que tu marido tampoco quiere verte llorar.

La mujer abrazó a Grace antes de levantarse.

–Muchísimas gracias, de verdad.

–Ya me contarás cómo ha ido. Trabajo en el bar de dos a diez... o puedes encontrarme en la playa por las mañanas.

–Lo haré –la joven guardó el papel en el bolsillo y desapareció.

Grace se dio la vuelta para ir al bar y, al ver a Logan, lanzó una exclamación.

–¡Qué haces aquí!

–Es mi hotel –respondió él, cruzándose de brazos–. La cuestión es qué estás haciendo tú.

–Nada –respondió ella–. Perdona, pero tengo que irme a trabajar.

–No pasa nada, puedes llegar unos minutos tarde –Logan la tomó del brazo–. Dime de qué estabas hablando con esa mujer. ¿La ha molestado algún empleado?

–No, no, claro que no.

–¿Seguro?

–Te lo juro –respondió Grace–. Es que ha tenido… un pequeño problema con su marido. La vi llorando e intenté consolarla.

–¿Eso es todo? –Logan miró en la dirección en que había desaparecido la clienta–. ¿Y se ha calmado?

–Yo creo que sí.

–Menos mal. No me gusta ver a mis clientes llorando en el vestíbulo.

Grace asintió con la cabeza.

–Bueno, será mejor que me vaya a trabajar.

–Muy bien.

Logan la miró mientras se alejaba. Sin la menor duda, Grace Farrell tenía un trasero de primera clase y él se moría por tocarlo. Sabía que eso era un problema, pero mientras iba a la oficina decidió seducirla lo antes posible.

Y luego la echaría de la isla.

–Seis piña coladas, Joey –dijo Grace, deseando poder sentarse un rato. Quien pensara que ser camarero era un trabajo fácil debería ser obligado a servir mesas con zapatos de tacón.

–Enseguida, Gracie.

Ella sonrió. Nadie la había llamado Gracie hasta que llegó allí y le gustaba. En Minnesota todo el mundo la tomaba tan en serio... algunas personas la llamaban Grace, pero normalmente se dirigían a ella como «doctora Farrell». Incluso sus padres, que se sentían intimidados por sus títulos y su inteligencia. Nadie la llamaba doctora Farrell allí, afortunadamente. Nadie sabía que tenía cuatro doctorados y seguramente se morirían de risa si lo supieran.

–Pedazo de hombre a las tres –dijo Dee, una camarera morena de Nueva Jersey.

Grace miró su reloj.

–¿Qué pasa a las tres?

Dee le pasó un brazo por los hombros, riendo.

–Pobrecita, has debido vivir enclaustrada toda tu vida.

–Pues sí, me temo que sí –admitió Grace.

–Te estaba diciendo que acaba de entrar el jefe –intervino Joey.

–Que es un pedazo de hombre –dijo Dee.

Grace soltó una risita.

–Ah, ya lo entiendo –murmuró, volviéndose para mirar a Logan–. ¿Viene todas las noches?

–Normalmente pasa por aquí, pero no se queda mucho rato –respondió Dee–. Hasta hace unos días. Anoche estuvo aquí un par de horas, no sé por qué. Espero que no quiera despedir a nadie.

–El bar se llena todas las noches, así que no habrá despidos –afirmó Joey, mirando a Grace con poca sutileza.

Dee frunció el ceño.

–¿Tú crees?

–Desde luego.

–¿De qué habláis? –preguntó Grace, mirando de uno a otro.

Dee levantó las cejas.

–¿El jefe esta colado por ti, Gracie?

Ella hizo una mueca.

–No, qué va. Solo quiere pillarme en algún renuncio para echarme de aquí.

–Pues intenta que eso no pase, cariño. Aunque si un tipo tan guapo estuviera colado por mí, no sé si podría mantenerme serena.

–Logan no está interesado por mí.

–Yo no pienso lo mismo.

–Aquí están tus piña coladas, Gracie –dijo Joey entonces–. ¿Necesitas ayuda con la bandeja?

–No, no, ya la tengo controlada.

–Es verdad –asintió el camarero, moviendo cómicamente las cejas–. Vamos, cariño, los clientes esperan.

Riendo, Grace se alejó con la bandeja, intentando hacerlo lo mejor posible.

–¡He tenido tres orgasmos! –gritó una mujer.

Logan, que había ido a saludar a Grace al verla en el palmeral, se quedó sorprendido al ver a la joven que estaba llorando en el vestíbulo el día anterior.

–¡Gracias, gracias! –exclamó, abrazando a Grace–. ¡Tenías razón, mi marido ha encontrado el sitio y es maravilloso!

Fascinado, Logan vio que Grace miraba alrededor, probablemente para comprobar si alguien estaba escuchando la conversación. Y cuando lo vio a unos metros, sacudió la cabeza con un gesto de resignación.

Sonriendo, Logan siguió escuchando con interés mientras la mujer describía la «exploración» de su marido. Estaba claro que Grace le había dado consejos sobre cómo hacer el amor.

Qué interesante.

Aparentemente, tantos años estudiando el comportamiento sexual de las esporas y otras criaturas, incluyendo a los humanos, le habían dado una experiencia que le gustaría que compartiese con él.

De hecho, la deseaba tanto que lo único que quería era apoyarla en el tronco de un árbol y dejarse llevar por el deseo que sentían el uno por el otro.

Grace se despidió de la mujer con un abrazo y, cuando desapareció, se volvió hacia él.

–Supongo que lo has oído.

–Más o menos.

–No es lo que tú crees.

–¿Ah, no? Pues parece que le has alegrado el día… y la noche.

–Sí, bueno… –Grace empezó a jugar con sus gafas de sol–. No he hecho nada que ella no hubiera podido… en fin, tengo que irme. Debo seguir buscando esporas.

–Espera.

Grace se detuvo.

–¿Qué quieres, Logan? –le preguntó, pasándose la lengua por los labios.

–Si vuelves a pasarte la lengua por los labios te cargaré sobre mi hombro para llevarte a mi habitación.

Ella tragó saliva.

–Yo… es que no puedo evitarlo. Me pones nerviosa.

–¿Ah, sí?

–Tú sabes que sí. Y creo que lo haces a propósito.

–Sí, es posible –Logan le pasó un dedo por el hombro y sonrió al ver que temblaba–. Es un detalle que hayas aconsejado a esa mujer.

–¿Tú crees?

–Desde luego. ¿Sueles ir por ahí explicándole a las mujeres dónde esta el punto G?

–No, no –Grace negó con la cabeza–. Es la primera vez.

Logan estudió en silencio la pequeña cicatriz que tenía sobre la ceja izquierda, las pecas en la mejilla, el perfecto arco de su labio superior…

–¿Qué es lo que te gusta, Grace Farrell?

Sorprendida, ella respondió:

–Yo podría preguntarte lo mismo.

–Yo soy un libro abierto.

–Para mí, no.

–La cuestión es que normalmente soy un tipo muy tranquilo. Pero desde que apareciste en la isla, me siento un poco… inquieto.

–Eso no es culpa mía –replicó Grace, clavándole un dedo en el torso–. Y no pienso irme de la isla. No he vuelto a tirar una sola bandeja.

Logan le sujetó el dedo.

–No me refería a eso –murmuró.

–¿Qué es lo que quieres?

–Esto –Logan se inclinó hacia delante para besarla.

Sus labios eran tan dulces que tuvo que hacer un esfuerzo sobrehumano para controlarse. El calor de su cuerpo lo volvía loco y no dejaba de imaginarla desnuda sobre su cama...

Estaba a punto de apartarse cuando un delicioso suspiro escapó de la garganta de Grace. Logan se apoderó de su boca una vez más y sus lenguas se encontraron, ansiosas. Tenía el corazón desbocado y todos los músculos endurecidos de deseo.

La deseaba, quería quitarle la ropa allí mismo y acariciar sus pechos, sus muslos, su húmedo centro. Quería poner las manos y la boca en cada centímetro de su cuerpo.

Pero entonces recordó que estaban a unos metros del hotel y cualquiera podría verlos, de modo que se apartó... aunque no del todo. No podía hacerlo. Se tomó su tiempo, besando la comisura de sus labios, sus mejillas, la línea de su barbilla, sus párpados, la curva de su cuello.

–Vamos a mi habitación –murmuró, tomándola de la mano para llevarla al hotel.

Pero Grace se detuvo de golpe.

–No puedo hacerlo. Tengo que irme. Lo siento, no debería... –Grace hizo una pausa para tomar aliento–. Tú no me conoces.

–No, es cierto. Pero sé que me deseas y que yo te deseo a ti.

–Eso no es verdad. No me deseas.

–Te equivocas, Grace.

–Si me conocieses de verdad, no me habrías besado –insistió ella–. Al contrario, habrías salido corriendo. Te estoy ahorrando el esfuerzo.

–Qué detalle.

–No tienes idea. Es mejor que paremos ahora.

–Yo diría que deberíamos poner a prueba esa teoría –Logan la apretó contra su pecho para besarla y Grace le devolvió el beso, los dos temblando de deseo.

Cuando la soltó y vio cómo se pasaba la lengua por los labios, se sintió embargado por una oleada de ternura.

–Vaya…

–Vaya, sí –repitió él–. De eso era de lo que estaba hablando.

–Pero no digas que no te había advertido –Grace se dio la vuelta y salió corriendo.

Logan se quedó donde estaba, pensativo. ¿Qué había pasado?, se preguntó.

«Si me conocieses de verdad, no me habrías besado».

Claro que la conocía. Era una mujer y, por lo tanto, una manipuladora. Pero eso no evitaba que tuviese una erección gracias a ella. Algo que sus empleados notarían si entraba en el hotel en ese momento…

De modo que se quitó la camisa y se lanzó al mar para calmarse un poco.

Capítulo Cuatro

–Con la inauguración del nuevo centro deportivo, la isla se convertirá en un destino de primera clase para campeonatos de tenis, pádel, baloncesto... –Logan hablaba con los inversores por teléfono.

Aidan, en el ático que los dos hermanos tenían en Nueva York, a cuatro mil kilómetros de distancia de Alleria, añadió:

–Como habrán visto en el folleto que les hemos enviado, la pista principal tendrá capacidad para cinco mil espectadores. Tendremos diez suite de lujo, una sala de prensa, vestuarios, una cafetería de más de mil metros cuadrados y un restaurante privado para los jugadores y los dignatarios que nos visiten.

Eleanor, la vicepresidenta de las empresas Sutherland, que estaba en Nueva York con Aidan, intervino para decir:

–Hay siete pistas de prácticas, además. Y la pista principal puede convertirse en un salón de conciertos. El proyecto está a punto, señores. En cuanto los contratos estén firmados, empezaremos a construir.

–Ya hemos demostrado la viabilidad de Alleria como destino turístico deportivo –siguió Aidan–. El campeonato de golf Alleria Palm Golf es televisado en todo el mundo, superado solo por los Masters y el Abierto Británico. Tenemos un aeropuerto de primera clase y recientemente hemos ampliado el resort con otras quinientas habitaciones.

–Parece que lo tenéis todo controlado –dijo Tex McCoy al otro lado de la línea.

Logan conocía a Tex de toda la vida y podía imaginarlo fumando un habano en su despacho mientras se dedicaba a su deporte favorito: hacer negocios. El multimillonario texano era uno de los miembros del consorcio de inversores que habían puesto dinero para los proyectos de los hermanos Sutherland y casi podía oler el humo del carísimo puro.

–Sabéis que podéis contar conmigo –dijo Malcolm Barnett, un empresario que solía aparecer en la lista de los más ricos del mundo y cuyos hijos habían sido compañeros de Logan y Aidan en la universidad–. Mi mujer está deseando volver a Alleria.

–Contad conmigo también –se apuntó Tex–. Haré que mi gente revise el contrato y volveré a llamaros.

–Te lo agradecemos mucho, Tex –dijo Aidan.

–No lo lamentarás –añadió Logan.

–Podéis agradecérmelo dándome un hoyo de ventaja en el próximo campeonato de golf.

–No, lo siento, eso no podemos hacerlo –replicó Logan, riendo.

–Ya sabes que no podemos hacer trampa –añadió Aidan.

–Maldito sea ese padre vuestro que educó a un par de santos.

Todos rieron.

La conferencia terminó quince minutos después y Logan llamó a su hermano al móvil.

–Creo que ha ido bien –le dijo. Seguramente Eleanor estaría abriendo una botella de champán en ese momento.

–¿Y qué pasa contigo? –le preguntó su hermano.

–¿A qué te refieres? Aquí va todo bien.

–Lo noto en tu voz, Logan. Te pasa algo.

–No digas tonterías, todo va de maravilla. Estamos a punto de firmar un acuerdo que nos reportará millones de dólares. La vida es maravillosa.

–Te lo sacaré tarde o temprano, así que ahórrame la espera –insistió su hermano.

Logan miró el teléfono, deseando por una vez que su mellizo y él no compartieran ese lazo tan íntimo. Siempre había sido así. Normalmente, uno terminaba la frase del otro y había veces en las que prácticamente podían leerse los pensamientos. Pero Logan no quería hablar de ello porque ni él mismo sabía qué le estaba ocurriendo.

–No me pasa nada –le dijo, intentando mostrar una tranquilidad que no sentía.

–Muy bien, no me lo cuentes, pero volveré el jueves y espero que lo sueltes entonces.

–Genial –Logan torció el gesto–. Soñaré algo interesante para que te quedes contento.

Después de cortar la comunicación murmuró una palabrota. No había engañado a Aidan y lo sabía.

¿Pero qué iba a decirle? ¿Cómo iba a explicarle que una investigadora guapísima había invadido su isla y sus pensamientos, robándole el sentido común?

No, no podía contárselo. Pero cuando Aidan llegase a la isla y viera a Grace, sacaría sus propias conclusiones.

Y sacara la conclusión que sacara su hermano, Logan pensaba dejarle bien claro que él la había visto primero, de modo que Grace Farrell era suya.

–¿Pero qué...?

Grace Farrell no era suya; él no quería que fuera suya. Él nunca era posesivo con las mujeres y no recordaba que su hermano y él se hubieran peleado nunca por ninguna. De hecho, rara vez les había gustado la misma, pero en las raras ocasiones en las que eso había sucedido, uno de los dos le cedía el sitio al otro. No era tan importante; al fin y al cabo había muchas mujeres en el mundo.

Pero con Grace, Logan no estaba dispuesto a ceder. Al fin y al cabo, Grace era su responsabilidad y Aidan no tenía nada que ver con el asunto.

Sí, muy bien, podía admitir que había algo en Grace que lo atraía de una manera poderosa. Lo apasionada que se mostró defendiendo su trabajo el primer día lo había intrigado. Y admiraba su tesón y su insistencia, aunque lo volvía loco. Y también podía admitir que era guapísima.

–Pero es una lianta y una mentirosa –se dijo.

Aunque eso no parecía importar porque seguía queriendo acostarse con ella.

Desde aquel beso en la playa no podía apartarla de su cabeza y se había preguntado en varias ocasiones qué estaría haciendo. ¿Estaría dando una clase sobre la localización del punto G o buscando esporas entre las palmeras? ¿Estaría intentando cargar con una bandeja llena de mojitos?

Logan frunció el ceño, recordando las instrucciones que le había dado Clive la otra noche. ¿No estaría Clive interesado en Grace? Esperaba que no. No le gustaría tener que despedir a uno de sus mejores camareros.

Frustrado, se pasó una mano por el pelo. Estaba distraído e inquieto, era cierto. Pero él era un hombre discreto. Aidan sería la única persona en el mundo que se daría cuenta de que pasaba algo. Nadie más lo sabía y así era como tenía que ser. No le apetecía que ningún empleado supiera nada sobre su vida personal.

Y tampoco le apetecía que lo supiera Aidan. Era su hermano, pero había cosas que un hombre no le contaba siquiera a su mellizo idéntico.

La cuestión era que no quería ensuciar la reputación de Grace. Aunque no le importaba ella particularmente. Simplemente, la deseaba. Y cuando la hubiese tenido, esas tontas distracciones desaparecerían y podría concentrarse en el trabajo.

Mientras tanto, Aidan volvería a Alleria en tres días y Logan estaba decidido a tener a Grace para él solo antes de eso. Aunque lo ayudaría que no saliera corriendo la próxima vez que la besara.

**

–Tequila, triple seco y cachaza con un chorrito de lima –anunció Dee, ofreciéndole un vaso a Grace.

–Ah, este me lo sé –murmuró ella, tomando un sorbito–. Margarita, ¿no?

–Era demasiado fácil. Pero no puedo creer que hayas memorizado la guía de cócteles sin haber probado ninguno.

–Siempre he sido más una lectora que otra cosa.

–Pues esos días se han terminado –murmuró Dee, con una sonrisa.

Estaban en su habitación, con una bandeja llena de botellas que Joey había sacado del bar. Aunque aquello era trabajo para Grace, no diversión.

Por el momento, había probado un martini, un *gimlet*, un brandy Alexander, un cóctel que se llamaba Sexo en la Playa y un whisky de malta. Había anotado los nombres en su cuaderno, seguidos de sus propias descripciones y reacciones a los diferentes sabores, pero sus notas empezaban a parecerle un poco borrosas. Aun así, estaba decidida a aprender todo lo que pudiese.

Después de mezclar un nuevo cóctel, Dee le pasó el vaso.

–Este lleva vermú, bourbon y bíter.

Grace hizo una mueca después de probarlo.

–Es demasiado fuerte.

–Normalmente se toma con mucho hielo y una guinda encima.

–¿Es un Manhattan?

–Exactamente –respondió Dee, echándose la melena hacia atrás–. No te pedirán muchos porque

51

es un cóctel que se suele tomar en Nueva York. Pero es un clásico.

–Entonces debería descubrir a qué sabe –dijo Grace, obligándose a tomar otro trago.

Después de una semana trabando juntas, por fin le había confesado a Dee que no tenía ninguna experiencia como camarera y ella le había dicho, riendo, que todo el mundo lo sabía.

Grace también le había confesado que casi nunca salía y que no bebía alcohol. Y fue entonces cuando Dee decidió que hicieran una prueba de cócteles.

–Puede que este te guste más –le dijo, ofreciéndole un vaso con un líquido de color rosa–. Vodka, zumo de arándanos, lima y Triple Seco.

–Ah, este me lo sé –Grace se lo tomó de un trago–. Está muy rico, pero no recuerdo cómo se llama…

–Cosmopolitan.

–Ah, sí, es verdad. Me lo piden mucho.

–Son suaves, pero peligrosos –Dee mezcló otro y se lo ofreció, antes de ponerle el tapón a las botellas–. Creo que hemos terminado por hoy.

–Ah, muy bien.

–¿Nunca sales de copas con tus amigos Gracie?

–No –respondió ella, guardando su cuaderno.

–¿No tienes novio?

–No –Grace hizo una mueca–. Pensé que lo tenía, pero estaba equivocada.

Dee asintió con la cabeza.

–Un cerdo, ¿verdad?

–Sí, horrible.

–Cuéntamelo.

Grace rió mientras tomaba otro sorbito de Cosmopolitan.

–Se llamaba Walter.

–Ah, qué horror. Yo tengo un tío que se llama Walter y es espantoso... mala señal –murmuró Dee–. ¿Cómo lo conociste?

–¿De verdad quieres saberlo?

–Sí, claro. Cuéntamelo todo.

–Muy bien –Grace se apartó el pelo de la cara, preguntándose por dónde debía empezar–. Bueno, verás... yo trabajo en un laboratorio y estoy tan ocupada que mi jefe decidió contratar a otro investigador para ayudarme.

–Walter –aventuró Dee.

–Walter –asintió Grace–. Al principio nos llevábamos fenomenal y era estupendo porque pasábamos muchas horas juntos. Mi fase de experimentación estaba llegando a un momento crítico...

–Suena muy emocionante –la interrumpió Dee, tomando un sorbo de su margarita.

–Sí, lo era. Walter era maravilloso al principio. Hablábamos de tantas cosas... yo parecía gustarle de verdad y me decía todo el tiempo cuánto admiraba mi inteligencia.

–Qué simpático.

–Sí, lo era. La verdad es que no me lo dicen mucho.

–Pues deberían –Dee intentó apoyar la barbilla en su mano pero se le escurrió y tuvo que volver a intentarlo–. Bueno, sigue. Quiero saber todos los detalles.

–El caso es que yo me sentía halagada por sus atenciones. Walter es muy guapo y yo nunca había tenido novio, así que… en fin, no tenía ni idea.

–Y él se aprovechó de eso.

–Sí –respondió Grace–. Después de dos meses trabajando juntos, por fin me pidió que saliera con él y yo daba saltos de alegría. Me invitó a cenar en un restaurante frente al lago, con velas y todo. Luego me llevó a casa y quería entrar, pero yo no lo tenía claro.

–Era la primera cita, ¿no?

–Sí.

–Debería haberte dado un beso en la puerta y nada más.

–Eso es lo que yo pensaba. Pero él me dijo que nos conocíamos lo suficiente y que quería pasar la noche conmigo. Bueno, en realidad usó una expresión mucho más cruda –Grace frunció el ceño al recordar esa noche. Pero en ese momento el recuerdo de Walter era borroso y, en realidad, le gustaba más así–. En fin, le dije que no estaba preparada para eso y Walter se enfadó. Me dijo que se había gastado casi doscientos dólares esa noche y que yo debería compensarlo…

–Qué cerdo.

–Al final, le di una bofetada y, mientras estaba recuperándose de la sorpresa, entré en mi casa y cerré la puerta. Pero Walter se lo tomó fatal y en el trabajo se convirtió en una pesadilla desde entonces.

–Qué asco de hombre. Le odio –anunció Dee.

–Gracias, yo también. Pero entonces me sentí como una idiota.

–No fue culpa tuya –Dee tomó una botella de agua mineral y sirvió dos vasos–. Era un asqueroso.

–Lo sé –asintió Grace–. En fin, al final se marchó del laboratorio, gracias a Dios, pero se quedó en Minnesota. Trabaja en una universidad rival y está intentando hacer creer a la facultad que mis investigaciones son suyas.

Dee lanzó una exclamación:

–¡Qué caradura!

–Sí, es una buena descripción –Grace no podía pensar en Walter estando sentada, de modo que se levantó para acercarse a la ventana. Al hacerlo tropezó con algo, pero no sabía qué. En realidad, lo veía todo un poco borroso–. Más tarde descubrí que me había robado un grupo de esporas y algunos de mis papeles. Y ha solicitado una beca para investigar exactamente lo que yo estoy investigando.

–¿Podemos matarlo?

Grace soltó una carcajada.

–Oh, Dee, eres estupenda.

–Oye, es una opción.

–No, lo único que puedo hacer es recoger esporas y seguir con mi investigación cuando vuelva a la universidad. Afortunadamente, nunca le dije dónde podían encontrarse esas esporas.

–Menos mal. Pero si ese tal Walter apareciese por aquí lo lamentaría, te lo aseguro.

–Te lo agradezco mucho, Dee –Grace sonrió–. Aunque me das un poco de miedo.

–A él sí que le daría miedo. Yo te protegeré, amiga.

De repente, los ojos de Grace se llenaron de lágrimas. Nadie había querido protegerla nunca. Bueno, Phillippa la apoyaría, sin la menor duda, pero Dee lo había dicho de una manera tan apasionada, tan incondicional, que la emocionó.

Pero, aunque confiaba en Dee, no podía confesarle la peor parte. Sí, la facultad había prometido defenderla contra las mentiras de Walter, pero Grace sabía que si no podía conseguir las esporas y presentar nuevas conclusiones, su reputación saldría perjudicada.

Tenía que demostrarle a la fundación que el trabajo era suyo y que era ella quien merecía la beca, no Walter. Si no, perdería los fondos, su trabajo y, sobre todo, su reputación.

–Olvídate de ese idiota –dijo Dee entonces, interrumpiendo sus pensamientos–. ¿Qué pasa con el macizo?

–¿Qué? ¿Quién? –Grace se preguntó si habría tomado demasiados cócteles porque el repentino cambio de tema la dejó desconcertada.

–Tú sabes a quién me refiero: el macizo del jefe. Mister Big.

–Ah, Logan –Grace miró fijamente la etiqueta de una botella, pero las letras parecían moverse. Qué raro, pensó–. ¿Qué pasa con él?

–¿Hay algo entre vosotros?

–Nada.

Dee frunció el ceño.

–¿Entonces por qué no me miras? –le preguntó Dee–. ¿Estás escondiendo algo?

–¡No! Bueno, sí, me besó el otro día, pero…

–¿Te besó?

Grace suspiró, tirándose sobre la cama.

–Si, pero le advertí que no volviese a hacerlo.

–¿Por qué no?

–Por su propio bien –respondió ella.

–No te entiendo. ¿Es que besa mal?

–No, no. Besa muy bien.

–¿Entonces?

–Salí corriendo –Grace enterró la cara entre las manos. No podía creer que hubiera salido corriendo como una adolescente.

Dee levantó las cejas.

–¿Saliste corriendo? ¿Tú estás loca? Nadie huye de Logan Sutherland, todas corremos hacia él.

Grace lo sabía, claro. Pero que Dee lo dijese en voz alta confirmaba de nuevo que ella no era normal. No hacía las cosas como las demás mujeres. Ni siquiera había podido quedarse parada cuando un hombre guapísimo la besaba. Era penoso, patético.

Pero tenía que defenderse a sí misma, aunque no sirviera de nada.

–Él no me conoce, Dee. Sería él quien saliera corriendo si supiera…

–¿Si supiera qué?

Grace apretó los dientes.

–Si supiera lo inteligente que soy.

Dee se tiró sobre la cama y apoyó la cabeza en el respaldo.

–¿Qué tiene eso que ver? Logan te ha besado, de modo que le gustas. ¿Por qué huyes de eso?

Grace cruzó los brazos sobre el pecho.

–A los hombres no les gustan las mujeres inteligentes.

–¿Quién te ha dicho eso? A los hombres les encantan las mujeres inteligentes.

Grace negó obstinadamente con la cabeza.

–No cuando son tan inteligentes como yo.

Dee hizo una mueca.

–¿Eres exageradamente inteligente?

–Tengo un coeficiente intelectual de ciento setenta y dos –respondió Grace.

–¿Y eso qué significa? ¿Cuál es el coeficiente normal?

–Bueno, es difícil decirlo porque las pruebas de coeficiente aumentan tres puntos por cada década pero…

–Más o menos –la interrumpió Dee–. ¿Cuál es el normal?

–Cien –admitió Grace.

–¿Y el de un genio?

–Unos ciento cuarenta.

Dee sonrió.

–Entonces, tú eres algo así como un súper genio, ¿no?

Sorprendida al descubrir que la opinión de su amiga sobre ella no había cambiado, Grace se relajó.

–¿Súper genio? Eso suena bien.

–Podrías ser una súper heroína –siguió Dee–. ¡Podrías ser Supergrace!

Grace le devolvió la sonrisa, aliviada y agradecida. Le había preocupado que Dee le diera la espalda. Después de todo, sus propios padres se habían alejado... aunque eso era algo en lo que no quería pensar. No, en ese momento quería concentrarse en la asombrosa sensación de ser aceptada por sí misma, no por lo inteligente que fuera. Aunque Dee parecía pensar que eso resultaba muy divertido.

–¿Supergrace? A veces no estoy tan segura –murmuró–. Pero tengo cuatro doctorados.

–¿Cuatro? –exclamó Dee–. Yo solo aguanté seis semanas en la universidad. Me aburría muchísimo.

–¿En serio?

–En serio. ¿Cuánto tiempo has tardado en sacarte cuatro doctorados nada menos?

–Hice los cuatro el mismo año.

–¡Madre mía!

–¿Crees que deberíamos tomar otro minimargarita?

–Yo creo que también necesito uno –Dee saltó de la cama y volvió a la mesa de las bebidas–. Bueno, entonces trabajas en un laboratorio todos los días. ¿Y qué haces en tu tiempo libre?

–No tengo mucho tiempo libre –respondió Grace, levantándose–. Mi trabajo en el laboratorio es importante, así que eso es lo que hago.

–Ya sé que no sales de copas, ¿pero no vas de compras o al cine?

–Nunca he tenido mucho tiempo para eso –respondió ella, sintiéndose más inadaptada por segundos.

–¿Entonces ibas de clase al laboratorio?

–Más o menos –Grace sonrió–. Pero me encanta mi trabajo.

–A mí también me gusta mi trabajo, pero me encanta ir de compras, al cine, de paseo. Pero sobre todo de compras.

–El laboratorio y los libros es todo lo que yo conozco –Grace tomó un sorbo de margarita–. Ingresé en la universidad cuando tenía ocho años.

Dee abrió los ojos como platos.

–¿A los ocho años? Qué horror. La universidad es dura para los jóvenes, pero para un niño debe ser terrible.

Grace parpadeó. Nunca había compartido esa parte de su vida con nadie, además de Phillippa, pero la verdad era que no se consideraba una persona infeliz. Al contrario.

–En realidad, tuve suerte. Vivía en el campus y estudiaba sin parar, que es lo que más me gusta.

–¿Tus padres te dejaron vivir en el campus con ocho años?

–Bueno, no estaba sola. Vivía con el jefe de departamento de Ciencias y con su mujer.

–¿Pero tus padres te dejaron allí a los ocho años?

–Y se alegraron de hacerlo, además. Les vino bien porque la universidad les pagaba para que yo estudiase allí.

–¿La universidad le daba dinero a tus padres?

–Es que no tienen mucho dinero, así que me alegré de poder ayudar.

–Pero parece como si te hubieran vendido.

–No, no. Yo quería ir.

–Ya, bueno, pues yo creo que alguien debería cantarle las cuarenta a tus padres.

–No, de verdad –insistió Grace. Tal vez entonces no lo había entendido, pero sus padres eran personas muy sencillas que no sabían qué hacer con una niña tan especial–. Agradezco mucho tu lealtad, pero era lo que yo quería.

–Cuando yo tenía ocho años, lo que más me gustaba era cortarle el pelo a mis Barbies. En fin, supongo que venimos de mundos diferentes.

–Pero podemos ser amigas –dijo Grace, dudosa.

–Pues claro que sí. Somos amigas, Gracie, no lo dudes nunca –Dee levantó su vaso–. Por mi amiga Gracie.

–Por mi amiga Dee –Grace intentó contener las lágrimas mientras brindaba.

Grace no podía dormir, de modo que dejó a Dee en la habitación y salió a dar un paseo por la playa. Aquel sitio era tan maravilloso... incluso de noche. La luna iluminaba el mar dándole un brillo metálico, como la mesa de acero en la sala de radiación del laboratorio.

–Eres patética –murmuró, sacudiendo la cabeza.

¿Solo podía pensar en el laboratorio? Esperaba que no. Quería tener pensamientos locos, soñar cosas frívolas como beber champán y besar a un hombre guapo bajo la luna del Caribe.

¿Siempre había deseado en secreto ser una frívola?, se preguntó entonces. No, estaba absolutamente segura de que aquello era algo nuevo para ella. Pero le gustaba.

Aún no había bebido champán, pero sí muchos margaritas. Y en cuanto a besar a un hombre guapo… bueno, también había hecho eso. Solo le faltaba hacerlo a la luz de la luna.

–Pero saliste corriendo como un conejo asustado –se recordó a sí misma. Aparte de eso, el beso había sido un sueño.

La brisa acariciaba sus hombros y movía su pelo. Quitándose las sandalias, Grace caminó descalza por la arena, que aún conservaba el calor del sol. Sí, definitivamente había tomado demasiado cócteles, pero se sentía como nunca.

Se detuvo en la orilla y, al tocar el agua con los dedos, descubrió que estaba tibia. Ni demasiado fría ni demasiado caliente, perfecta. ¿Y no sería maravilloso nadar a la luz de la luna?

–No es seguro nadar de noche.

Grace se volvió, sorprendida al escuchar la voz de Logan.

–Ah, hola, no te había oído llegar.

–La arena esconde el ruido de los pasos.

Grace sonrió.

–¿Estás dando un paseo a la luz de la luna?

–Eso parece.

–Es precioso, ¿verdad? –Grace iba a dar una vuelta pero perdió pie y Logan tuvo que sujetarla–. Huy, vaya.

–¿Has bebido? –le preguntó él, muy serio.

Le gustaría que volviese a sonreír. Tenía una sonrisa tan bonita… y no podía quitársela de la cabeza.

¿Le había hecho una pregunta? Ah, sí.

–Pues sí, he bebido un poco –respondió, apoyando la cabeza en su torso–. Pero era una cuestión de trabajo. Estábamos haciendo una prueba.

–¿Una prueba? –repitió él, acariciando su espalda–. ¿Qué clase de prueba?

–En realidad, era un concurso. Dee mezclaba cócteles y yo tenía que averiguar el nombre.

–¿Y qué tal lo has hecho?

–Muy bien porque soy muy lista. ¿Tú sabes lo lista que soy?

–Sí, creo que sí –respondió Logan.

–No, no sabes lo lista que soy –insistió ella, señalando su cara con un dedo–. Si lo supieras, saldrías corriendo.

–Eso ya lo has dicho antes –murmuró Logan, agarrándola el dedo–. Pero te equivocas.

–Creo que eres muy guapo –dijo Grace entonces.

–Y yo creo que tú estás un poco borracha.

–Sí, es posible, pero no me importa.

–Me alegra saberlo. ¿Quieres que te acompañe a tu habitación?

Grace miró el cielo y luego a él.

–¿No vas a besarme?

–¿Quieres que te bese?

–Sí, por favor –susurró Grace–. Bajo la luna, si no te importa.

–Bueno, si me lo pides así… –Logan inclinó la cabeza para rozarle los labios en un beso tan tierno, tan dulce, que Grace quería derretirse entre sus brazos.

–Como un sueño –musitó, sintiendo como si flotara.

¿Estaba flotando de verdad? Se sentía ligera como una pluma.

Y entonces, de repente, todo se volvió negro.

Logan la sujetó cuando estaba a punto de caer sobre la arena, desmayada. Había sido una suerte que hubiera salido a dar un paseo por la playa antes de irse a dormir, pensó mientras la tomaba en brazos. Si se hubiera quedado en su habitación no habría tenido la oportunidad de rescatarla y Grace habría terminado durmiendo en la playa.

Mientras la llevaba a su habitación pensó que iba a despertar con una resaca espantosa. Tenía la sensación de que no estaba acostumbrada a beber, de modo que iba a pagar un precio muy alto por ese concurso de cócteles.

Usó su llave maestra para abrir la puerta y, una vez dentro, la cerró con el pie antes de llevarla a la cama. Cuando la dejó sobre la colcha miró alrededor y vio varios instrumentos raros sobre la mesa y la cómoda…

Aquello era un laboratorio en miniatura, pensó. Había un microscopio, un ordenador de última generación y un aparato con números digitales en una pantalla. Y también una báscula junto a un objeto de plástico que sujetaba probetas.

Si no supiera que era investigadora pensaría que había montado un laboratorio clandestino para hacer whisky.

Logan miró a Grace, que dormía profundamente. Seguramente se pondría a gritar por la mañana, al recordar que su jefe la había llevado a la cama.

Llevaba un pantalón corto y una blusa fina y se preguntó si debía quitarle la ropa. Dormiría mejor en ropa interior, ¿no?

Logan sonrió al imaginar el susto que se llevaría si despertase en braguitas y sujetador... sí, era una fantasía estupenda, pero no iba a hacerlo.

No le quitaría la ropa porque él no era un aprovechado.

Pero lo haría pronto, muy pronto.

Después de taparla con la colcha, Logan apagó la luz y la dejó durmiendo los cócteles.

Capítulo Cinco

Por la mañana, Logan la encontró sentada en uno de los sillones de mimbre de la terraza. Llevaba gafas de sol y un jersey rosa y estaba tomando algo de color rojo.

–Buenos días. ¿Es un Bloody Mary? –le preguntó.

Grace hizo una mueca.

–No quiero ni pensar en alcohol. Es algo que me ha hecho Joey. Supuestamente, es bueno para mi... fiebre del heno.

–¿Fiebre del heno? –repitió Logan, burlón–. ¿Es así como se llama ahora?

–Sí, bueno, anoche bebí demasiado, es verdad. Pero es culpa tuya.

–¿Culpa mía?

–Por supuesto.

–Ah, qué interesante –Logan se sentó en una silla a su lado–. ¿Por qué es culpa mía que tengas resaca?

–Anoche estaba investigando maneras de mejorar mi trabajo.

–Y para eso, te emborrachaste. Y como yo soy el jefe, es culpa mía.

Grace frunció el ceño.

–Exactamente.

Logan tuvo que sonreír.

–Eso tiene mucha gracia.

–Pero es verdad.

–Nadie ha dicho que tuvieras que beber lo que beben los clientes.

–Pero pensé que sería bueno averiguar cómo saben esos cócteles que sirvo –insistió Grace–. De esa forma, puedo hacer recomendaciones. Muchos clientes me piden consejo.

–Es muy considerado por tu parte, pero Dee debería haberte parado a tiempo.

Grace lo agarró del brazo entonces.

–No te atrevas a regañar a Dee. Es mi amiga.

–No tengo la menor intención de regañarla –dijo él.

–Ah, bueno –Grace apartó la mano–. No es culpa de Dee. Ella no sabía que no estoy acostumbrada a beber. Además, servíamos los cócteles en vasitos muy pequeños…

Parecía tan vulnerable, tan tierna, que Logan decidió cambiar de tema.

–¿Recuerdas que me viste en la playa anoche?

Grace frunció el ceño de nuevo.

–Sí, tengo un vago recuerdo.

–¿Seguro que solo es un vago recuerdo?

–¿Por qué? ¿Dije alguna estupidez? ¿Debería disculparme?

–No, claro que no. Estuvimos charlando sobre la luna.

–Ah, menos mal.

–Y luego me pediste que te besara.

Grace cerró los ojos.

–Oh, no… aparentemente, no puedo probar el alcohol. Siento mucho haberte avergonzado.

–Lo dirás de broma –Logan la miró fijamente–. Lo único que siento es que estuvieras demasiado borracha como para dar el siguiente paso.

Grace lo miraba, pero no podía saber lo que estaba pensando porque las gafas de sol le ocultaban los ojos.

–¿Qué estás pensando, Gracie?

Ella se aclaró la garganta.

–No mucho.

–¿Estás pensando en ese beso? Porque yo sí lo he pensado –Logan le rozó un hombro con el dedo–. De hecho, no puedo dejar de pensar en ti. Te quiero en mi cama, Grace. Y una vez que estemos juntos en la cama, te aseguro que me tomaré mi tiempo. Quiero tocarte y sentir cada centímetro de tu cuerpo con mis manos y mi boca… quiero hacerte gritar de placer.

Grace se movió en la silla, incómoda y con la cara ardiendo.

–Por favor…

–Dime cuándo, Gracie. ¿Esta noche? ¿Mañana por la noche? No puedo esperar mucho más –Logan le mordió suavemente el lóbulo de la oreja–. Dime cuándo.

Grace dejó escapar un suspiro.

–Pronto.

–Muy bien –dijo él, acariciándole la mejilla antes de levantarse.

Sabía que iba a estar sufriendo durante una hora o más después de aquella escenita de seducción, pero merecía la pena. Aun con las gafas de sol escondiendo sus ojos, se daba cuenta de que Grace estaba tan afectada como él y, después de todo, eso era lo que había querido, ¿no?

Sonriendo, se dio la vuelta.

–Que lo pases bien, Gracie.

Grace tuvo que controlar el deseo de llamar al médico del hotel. Tenía el corazón tan desbocado por sus incendiarias palabras, por no hablar del mordisquito en la oreja, que no sabía si lograría calmarse alguna vez.

Logan era tan imponente… tal vez demasiado. Y debía preguntarse a sí misma si estaba preparada para un hombre como él.

Apenas había salido con nadie en los últimos diez años y, tras la debacle con Walter, había perdido la poca confianza que tenía en sí misma. Por supuesto, las halagadoras palabras de Logan estaban ayudándola a recuperar esa confianza, pero al mismo tiempo la desconcertaba. Aunque unos días antes había dejado claro que no confiaba en ella, últimamente parecía haber cambiado de opinión. Y un minuto antes…

Grace sacudió la cabeza. ¿Por qué había elegido aquel día para decirle que quería acostarse con ella? No estaba en condiciones de discutir. Y lo hubiera hecho si no tuviera resaca.

No, no era verdad. No habría discutido.

El recuerdo de sus besos hacía que se estreme-ciera de deseo, de modo que la cuestión era si con-fiaba en él lo suficiente como para... en fin, dejar que le hiciera esas cosas que había dicho que le iba a hacer en la cama.

Lo deseaba tanto que tenía que contenerse para no correr tras él. No había sentido nada así por nin-gún hombre, ni siquiera por Walter. ¡Y ella confiaba en Walter!

–Eso demuestra que eres tonta –murmuró.

Pero había confiado en Walter y él la había trai-cionado, de modo que la confianza en un hombre no era una base sólida para nada. Y eso significaba que podía soltarse el pelo y hacer lo que quisiera.

Y en aquel momento lo que quería era acostarse con Logan Sutherland. Si no podía confiar en él, tendría que conformarse con acostarse con él.

–Sí –murmuró, con una cautelosa sonrisa–. Muy pronto.

–No lo decía en serio –murmuró para sí misma esa noche, en el bar.

Pero se negaba a estar disgustada. Era una inge-nua en lo que se refería a los hombres, eso estaba claro.

Después de preparar cuatro mai tais con guindas y trozos de piña, Grace llevó los cócteles a una de las mesas.

Llevaba cuatro horas trabajando y Logan no había aparecido. Había ido todas las noches esa semana y precisamente esa noche no aparecía.

¿Debería ir a su habitación cuando terminase su turno?, se preguntó. ¿Y si estaba con otra mujer? No, lo mejor sería olvidar lo que había dicho por la mañana. Olvidar sus provocativas sugerencias y el deseo que sentía por él. Porque, evidentemente, le había tomado el pelo.

¿Pero por qué? ¿Quería tenderle una trampa para despedirla? ¿Ése era su plan?

Aún necesitaba tiempo para recoger esporas, de modo que tenía que proteger su puesto de trabajo, pensó.

Estaba decidido: no haría nada. Ya había hecho el idiota con otro hombre y no pensaba volver a pasar por eso. Walter también era guapo, aunque no tanto como Logan, y su relación con él había terminado en desastre.

Al menos Walter y ella tenían algo en común. Logan y ella, por otro lado, no podían ser más diferentes. Desde luego, él no tenía el menor interés por las esporas, eso estaba claro. ¿Y no era importante tener intereses comunes? ¿Y si le preguntaba qué cosas le gustaban y ella le hablaba de su fascinación por la reproducción celular en las esponjas de mar? Logan se quedaría de una pieza.

Por supuesto, estaba acostumbrada a ver la cara de aburrimiento de las personas que no se dedicaban a la investigación cuando empezaba a hablar de su trabajo. No le importaba que no tuviesen interés aunque, en privado, no entendía por qué no estaban entusiasmados por el tema de las esporas y sus propiedades regenerativas.

Pero no quería que Logan se aburriese con ella. Quería que la viese como algo más que una persona dedicada a la Ciencia. Quería que sintiera el mismo deseo que sentía ella…

Cuando se encontró mirando la puerta como una tonta, sacudió la cabeza intentando volver a la realidad. Tenía que concentrarse en el trabajo o Logan tendría una razón para despedirla.

–Estás muy guapa, Gracie –Dee le hizo un guiño cuando pasaba a su lado.

–Tú también.

Nunca había tenido una amiga como Dee, tan inteligente y divertida. Phillippa era estupenda y lo pasaban bien juntas, pero Grace no tenía muchos amigos fuera del laboratorio. Ninguno como Dee, desde luego. Y no le gustaría perder el contacto con ella cuando volviese a Minnesota. Intercambiarían teléfonos y direcciones de correo electrónico, por supuesto, pero no sería lo mismo.

Ese pensamiento la entristeció y, suspirando, volvió a la barra para pedir otra comanda. Menos mal que había dormido un rato por la mañana… pero había jurado no volver a beber nunca más.

Entonces oyó un murmullo en el bar y giró la cabeza para ver qué lo había provocado.

Logan.

Mirando alrededor, Grace se percató de que que nadie más que ella parecía prestarle atención. ¿Entonces de dónde había salido ese murmullo? No lo sabía, pero se le había erizado el vello de los brazos.

Logan estaba en la puerta y la miraba con tal intensidad que se le doblaron las rodillas.

–Yo me encargo de tus mesas, Gracie –susurró Dee–. Ve a hablar con él.

Su amiga la empujó hacia la puerta y, de repente, lo único que podía ver era a Logan.

¿Sus ojos siempre habían sido tan bonitos o esa noche se lo parecían especialmente?, se preguntó. Notó la tensión en sus facciones y supo que también él estaba excitado. La química sexual que había entre ellos se salía de la tabla… usara la tabla periódica que usara para definirla.

Pero, curiosamente, Grace no tenía el menor interés en cuantificar lo que había entre ellos porque la mirada de Logan lo decía todo.

Había ido a buscarla. No estaba tendiéndole una trampa para despedirla. La deseaba. Y, en ese momento, supo que estaba a salvo con él.

Logan le tomó la mano y salieron del bar uno al lado del otro.

«Bueno, no a salvo del todo».

Ella nunca había estado con un hombre como Logan Sutherland y no sabía qué hacer. Pero era una mujer inteligente, de modo que tendría que averiguarlo.

Y si no, intentaría que él no se diera cuenta.

***

73

El aroma de Grace lo envolvía, inflamando su deseo. Logan había estado a punto de no ir al bar esa noche, convencido de que ella encontraría cualquier excusa para rechazarlo... pero tenía que verla.

No significaba nada. No podía significar nada, solo que necesitaba a una mujer y Grace era la que más le gustaba en ese momento.

Apenas se dio cuenta de que todos los empleados estaban observando la escena mientras Grace se acercaba a él. Bajo el delgado pareo iluminado por las luces del bar, Logan podía ver el contorno de sus preciosas piernas. No podía dejar de mirarla... la curva de sus caderas, el suave movimiento de sus pechos. Llevaba el pelo suelto esa noche, cayendo en ondas sobre sus hombros. Le gustaría acariciarlo, enterrar la cara en los lustrosos mechones mientras se enterraba en ella.

Tan excitado estaba que tuvo que hacer un esfuerzo para no llevarla al almacén, bajarle el bikini y hacerla suya para saciar su ansia de ella. Pero no quería que su primera vez juntos fuera así. No, quería pasar la noche saboreándola y para eso necesitaba privacidad. Y un colchón fuerte.

Entraron en su suite y, sin perder el tiempo, Logan cerró la puerta y la tomó en brazos. Grace le echó los suyos al cuello y apoyó la cara en su hombro mientras la llevaba hacia el dormitorio. Una vez allí, buscó su boca en un beso devorador que ella le devolvió con la misma pasión...

Jadeando, la dejó sobre la cama y se echó hacia atrás para mirarla.

Pero Grace levantó los brazos.

–Ven –susurró.

Era lo primero que decía desde que le había tomado la mano para salir del bar y mientras miraba sus húmedos labios, Logan supo que estaba a punto de perder el control.

Poniéndose de rodillas sobre la cama, le sujetó las manos para levantarlas sobre su cabeza y le desabrochó la cinta del bikini antes de tirarlo al suelo. Luego se detuvo un momento para admirar sus pechos…

–Preciosos –murmuró, acariciándolos con las dos manos y usando el pulgar para rozar los pezones.

Se inclinó para tomar un pezón con los labios, chupando suavemente, rozándolo con los dientes y la lengua hasta que la oyó gemir de placer. Y cuando se incorporó para volver a besarla, el beso fue tan apasionado que pensó que todo terminaría allí si no se obligaba a sí mismo a ir más despacio.

Después de quitarle el pareo, metió los dedos bajo la braguita del bikini, buscando su parte más íntima. Cuando deslizó un dedo dentro de ella, Grace suspiró.

–Eres tan estrecha –musitó, introduciendo otro dedo y notando que su carne se volvía más húmeda y ardiente.

–Logan, por favor…

El pelo de Grace se movía alrededor de su cabeza como un halo rojizo y su embriagador aroma cautivaba sus sentidos.

–Necesito hacerte mía ahora –murmuró, sin reconocer el tono ronco de su voz.

–Sí, sí –lo urgió ella.

Logan se quitó la ropa a toda prisa y abrió un cajón de la mesilla para sacar un preservativo antes de colocarse sobre ella, quitándole el bikini con manos temblorosas.

–Te deseo tanto, Grace. La primera vez tendrá que ser rápida…

Ella asintió, sus ojos brillaban de deseo.

–Sí.

–Luego iré más despacio, te lo prometo.

–Tócame –le urgió ella, besándolo con una dulce pasión que lo hizo sentir una opresión en el pecho. Pero, por fin, el beso, por dulce que fuera, no era suficiente y Logan echó la cabeza hacia atrás para mirarla.

–Mírame –susurró–. Quiero ver cómo pierdes el control.

Grace lo hizo y, al ver el brillo de deseo en sus ojos, se enterró en ella de una embestida, suspirando de masculina satisfacción.

Grace dejó escapar un gemido, mirándolo con cara de susto.

–¿Pero qué…? –Logan se detuvo.

–No pares –insistió ella, levantando las dos piernas para envolverlas en su cintura.

Logan, sin embargo, intentó controlarse.

–¿Eres virgen?

–Eso no es lo importante ahora mismo –respondió Grace, levantando las caderas.

–Pero entonces… el punto G, eso que le contaste a la cliente…

–¿Podemos discutirlo más tarde? –lo interrumpió ella.

–Me estás matando –protestó Logan.

–No me obligues a hacerlo –dijo Grace, con los dientes apretados.

–¿Desde cuándo eres tan mandona? –bromeó él, apartándole el pelo de la cara.

–Nadie me había dicho que los hombres hablasen tanto en la cama.

Logan tuvo que reír a pesar de lo absurdo de la situación.

–Muy bien, pero después tendremos que hablar.

–Ya me lo imaginaba.

Empezó a moverse de nuevo, despacio al principio, luego cada vez más deprisa. Intentaba no hacerle daño, pero cuando Grace le deslizó las manos por la espalda, apretando las piernas en su cintura, perdió el poco control que le quedaba.

Empujó con fuerza hasta que el deseo se convirtió en un incendio y, cuando ella se dejó ir, murmurando su nombre, Logan empujó con más fuerza, sin aliento, usando todos los músculos de su cuerpo hasta que una explosiva ola de placer lo envolvió y cayó al precipicio con Grace.

Exactamente donde quería estar.

Capítulo Seis

Grace no sabía cuánto tiempo había estado durmiendo, pero por fin abrió los ojos y encontró a Logan apoyado en un codo, mirándola.

–¿Te he hecho daño? –le preguntó.

–No –respondió ella, intentando incorporarse para recuperar parte de su dignidad. Pero era imposible porque Logan no la dejaba, de modo que, suspirando, volvió a apoyar la cabeza en la almohada. Además, estaba desnuda. ¿Cuánta dignidad iba a encontrar?

¿Y qué más daba? Por fin había perdido la virginidad y, francamente, no había esperado disfrutar tanto. Grace miró a Logan y sintió que el corazón le daba un vuelco dentro del pecho.

–No me has hecho daño. Al contrario, ha sido…

–¿Por qué no me lo habías contado?

–¿Que era virgen? La verdad, no pensé que eso fuera importante. Además, estaba tan emocionada que no quería que parases.

–Yo tampoco quería parar, pero me habría gustado que me lo dijeras… podría haber sido más delicado.

–No me has hecho daño –insistió ella–. Ha sido maravilloso.

–No, no lo ha sido –dijo él, tomándole la mano–. Pero lo será.

Y luego la besó con una ternura que la sorprendió. La besaba así porque lamentaba haber sido tan brusco antes, pero esa dulzura le tocó el corazón y le devolvió el beso con una alegría que no había conocido antes.

¿Sería eso amor?, se preguntó. No, ella no era tan tonta como para imaginar que se había enamorado de Logan, pero había oído muchas veces que estar enamorado era la mejor sensación del mundo y en aquel momento le parecía fabulosa.

–Solo quiero abrazarte un rato –murmuró él.

–¿No vamos a…?

–No, ahora mismo no.

–Ah –Grace apoyó la cabeza en su hombro–. ¿Por qué?

Logan tuvo que sonreír.

–Porque me has dejado agotado.

–¿En serio? ¿Y eso está bien?

–Muy bien –respondió él, acariciándole el pelo.

Grace se advirtió a sí misma que aquello no era amor, pero despertó varias veces durante la noche, entre sus brazos, y tuvo que preguntarse si no estaría enamorándose como una tonta.

Cuando los primeros rayos del sol iluminaron la habitación, Grace miró alrededor. Logan seguía dormido, despeinado y sexy.

–No, no –susurró, intentando apartar cualquier pensamiento romántico de su mente.

Logan y ella se habían acostado juntos, nada

más. Había sido maravilloso y apasionado, pero no era un romance. Y no le importaba. Ella podía ser tan sofisticada como otras chicas, ¿no? De modo que se juró a sí misma disfrutar del tiempo que durase aquello con Logan sin pensar en nada más.

Y una vez de vuelta en Minnesota, cuando se sintiera sola, podría recordar esos momentos con él como los más emocionantes de su vida.

No todo el mundo tenía la suerte de haber sentido aquello, de modo que era afortunada.

Después de mirar a Logan por última vez, Grace se levantó de la cama y entró en el cuarto de baño. Y cuando se miró al espejo tuvo que sonreír. Nunca había imaginado que el sexo pudiera ser tan… bueno, ahora entendía por qué las esporas lo hacían todas las mañanas.

Después de asearse un poco abrió la puerta del baño… y lanzó un grito.

–¿No te quedas a desayunar? –le preguntó Logan tranquilamente, de pie al lado de la cama, completamente desnudo.

Grace volvió al baño y se envolvió en una toalla. Estar desnuda por la noche en la cama era una cosa, estar desnuda de día mientras mantenían una conversación, otra completamente diferente.

–No sabía que te hubieras despertado… buenos días.

–Buenos días, Gracie. Anoche te vi desnuda.

–Es diferente –respondió ella, sujetando la toalla como si su vida dependiera de ello–. Ahora es por la mañana.

–Sí, es cierto. He pedido el desayuno, no hace falta que salgas corriendo.

–Gracias, pero debería irme porque...

–Quédate –la animó él, antes de entrar en el baño–. Yo saldré enseguida.

Desayunaron en la terraza de la suite. Logan había pedido huevos, beicon y tostadas para los dos, además de café, cruasanes y zumo de naranja.

Al principio, Grace pensó que no podría probar bocado, pero media hora después su plato estaba limpio.

–Parece que tenía apetito –comentó.

Logan se estiró perezosamente.

–Me gusta una mujer a la que le gusta comer tanto como a mí. Normalmente, no comen nada.

–Eso es que no has estado en Minnesota –bromeó Grace.

–No, no he estado nunca.

–En Minnesota hay que comer mucho porque hace un frío terrible. La gente cree que hace falta una capa extra de grasa para soportar los inviernos.

–Ah –Logan se echó hacia delante para acariciale el estómago–. Pero tú no tienes una capa extra de grasa.

–No, supongo que quemo calorías en el laboratorio.

–¿En serio? Pensé que era un trabajo sedentario.

–Supongo que lo es para algunas personas, pero yo estoy todo el día corriendo de un lado a otro.

Los dos alargaron la mano al mismo tiempo para tomar un cruasán del plato y Grace estuvo a punto de gritar al sentir una especie de descarga eléctrica cuando se rozaron. ¿Qué le pasaba?

Logan no parecía tan afectado como ella, al contrario. Con toda tranquilidad, partió el cruasán por la mitad y se lo ofreció.

—Bueno, dime por qué alguien como tú era virgen hasta ayer.

Esa pregunta la sorprendió.

—¿Alguien como yo?

—Eres preciosa, Grace. ¿Qué le pasa a los hombres de la tundra? ¿Toda esa nieve les ha congelado el cerebro?

—Tal vez —Grace sintió que le ardían las mejillas, aunque el inesperado cumplido la hizo sonreír—. Los hombres con los que trabajo en el laboratorio solo están interesados en mis teorías.

No iba a contarle que Walter había fingido estar interesado por ella cuando no era cierto.

—Qué tontos.

—Aparte de eso, no salgo mucho del laboratorio.

—¿Por qué no?

—Es mi trabajo. Bueno, es mi vida.

—En la vida hay algo más que trabajo, Grace.

—Sí, ya lo sé, pero yo crecí allí y me siento más cómoda rodeada de libros y probetas. Es lo más real de mi vida, lo más tangible. No es como el mundo exterior, donde todo es desconcertante. El laboratorio es un sitio seguro y sin emociones… salvo cuando descubro algo nuevo, claro.

Logan la estudió mientras tomaba un sorbo de café.

–¿Qué quieres decir con eso de que creciste allí?

Grace se encogió de hombros.

–Vivo en la universidad desde los ocho años.

–¿Desde los ocho años?

Ella tragó saliva al ver que la miraba como si tuviera dos cabezas. Algo a lo que, lamentablemente, estaba acostumbrada.

–Pues sí, desde los ocho años. Ya te he dicho que soy particularmente inteligente.

–Sí, me lo has dicho –asintió Logan, cruzando las piernas–. Y también me dijiste que saldría corriendo si supiera lo inteligente que eras.

–Porque es verdad –Grace suspiró mientras doblaba su servilleta–. Bueno, tengo que irme.

Pero él la sujetó del brazo cuando iba a levantarse.

–No tan rápido.

–Creo que no tenemos nada más que decir.

Logan tiró de ella para sentarla en sus rodillas y le dio un beso con lengua. Afortunadamente, la estaba sujetando, o se habría caído al suelo.

–Puede que yo no sea Einstein, pero tampoco soy tonto. Me gustas tal y como eres, así que nada de salir corriendo.

–Me alegro mucho.

–Yo también –Logan sonrió–. Bueno, vamos a buscar esporas.

***

Tenía que ser virgen.

Logan seguía atónito dos días más tarde, mientras intentaba concentrarse en el trabajo que lo esperaba en la oficina. Jamás hubiera imaginado que Grace fuera virgen. De haberlo sabido, no se habría acostado con ella.

¿Pero cómo iba a imaginarlo? Grace era una de las mujeres más guapas que había conocido nunca y la había visto dar consejos sexuales a una clienta... ¿Quién iba a imaginar que la experta sexual estaba fingiendo?

—Maldita sea —murmuró, pasándose una mano por el pelo. Debería estar enfadado, pero en lugar de eso se encontraba sonriendo cada vez que recordaba esa noche...

Logan intentó apartar de sí la imagen de Grace desnuda en su cama para concentrarse en los planos que tenía delante.

Aidan y él sabían que un proyecto como el centro deportivo daría problemas a cada paso. Y cada vez que había un problema, había que hacer planos nuevos.

La mayoría de los problemas tenían que ver con la geología de la isla. Las playas, la bahía natural y las calas de rocas eran lo que llevaba allí a los turistas, pero Alleria había sido formada por la explosión de un antiguo volcán y casi todo el norte de la isla era yermo, salvo por el palmeral que crecía al lado del hotel. Por contraste, el sur de la isla estaba cubierto de selva tropical.

Los inversores habían sugerido que pusieran el

centro deportivo al lado del hotel, pero Aidan y él habían decidido que eso era inviable. ¿Quién querría pasar tiempo en un edificio de cemento cuando estaban en una isla tropical? Además, el palmeral era un ecosistema que él estaba dispuesto a defender.

Pero cuando decidieron construir el centro al norte de la isla, al pie del volcán, el proyecto revivió.

Habían invitado a varios constructores para contrastar opiniones, pero ninguno de ellos tenía el espíritu empresarial o la sensibilidad que ellos buscaban. Afortunadamente, el año anterior habían conocido a los Duke, sus primos, por primera vez.

Adam, Brandon y Cameron eran los propietarios de la constructora Duke y, después de ver los hoteles que habían hecho en California, Aidan y él habían decidido que serían unos socios perfectos para construir el nuevo resort.

La familia Duke llegaría la semana siguiente y pensaban enseñarles la isla de arriba abajo. De hecho, había cosas que no habían aparecido nunca en los folletos, como los manantiales de agua caliente o la laguna en medio de la selva tropical, a corta distancia del hotel. Pero la excursión era un poco peligrosa y pocos turistas se habían atrevido a aventurarse por allí.

Logan se preguntó entonces si Grace disfrutaría de los manantiales de agua caliente. En fin, él desde luego sí disfrutaría explorando su cuerpo desnudo bajo el agua.

–Maldita sea...

Era imposible concentrarse en el trabajo cuando no podía dejar de pensar en Grace, que no se parecía a ninguna otra virgen que hubiera conocido. Aunque no conocía a muchas porque, francamente, intentaba alejarse de ellas todo lo posible. Era demasiada responsabilidad. Si uno arruinaba la primera experiencia sexual de una mujer, la traumatizaría para el resto de su vida.

Claro que Grace no parecía traumatizada. Al contrario. De hecho, se había quedado sorprendido por su pasión y su entusiasmo en la cama. Había pensado despedirse de ella después de desayunar, pero no había sido capaz de hacerlo y dormían juntos cada noche desde entonces.

No se cansaba de ella y no entendía por qué.

Cuando su hermano volviese a Alleria tendría que hacer malabarismos para encontrar tiempo porque el proyecto iba a tenerlo muy ocupado...

Pero tal vez para entonces habría dejado de estar obsesionado por Grace. Sería así tarde o temprano. Y, por supuesto, tarde o temprano ella tendría que volver a su casa y ese sería el final.

Pero eso no importaba. Por el momento, la quería en su cama cada noche. Y cuando Aidan volviese a la isla, sencillamente tendrían que ser lo más discretos posible. No le apetecía que su hermano lo atormentase recordándole que no debían mantener relaciones con los empleados.

Por otro lado, y considerando que había llegado a la isla mintiendo sobre su experiencia profesional, Grace no era exactamente una empleada.

Sí, eso era lo que pensaba contarle a Aidan.

–¿Nunca has subido a un barco? –exclamó Logan mientras le tomaba la mano a Grace para ayudarla a subir a bordo.

–Nunca –respondió ella–. Lo más parecido que he hecho es ir a pescar con mi padre cuando era pequeña. Pero me pasaba el tiempo calculando la velocidad del viento y la presión barométrica y luego intentando lanzar mi caña en la dirección que, en teoría, haría que más peces mordieran el anzuelo.

Logan soltó una carcajada mientras subía a bordo la cesta de la merienda. En aquel barco, de quince pies de eslora, Aidan y él habían vivido grandes aventuras… y habían organizado algunas fiestas estupendas. Pero, debido a las obligaciones profesionales, hacía meses que no salía a navegar.

Grace bajó con él por la escalerilla para llegar a un salón elegantemente amueblado.

–Bueno, cuéntame: ¿lograste pescar algo?

–Doce carpas –respondió Grace.

–Para ser una niña pequeña no está mal. ¿Y tu padre?

–Él no tuvo tanta suerte –Grace hizo una mueca–. Me dijo que yo le espantaba los peces.

–Eso es muy injusto.

–No era culpa suya –lo defendió ella–. Yo hablaba mucho… y supongo que a veces lo asustaba.

–¿Qué quieres decir? –Logan subió de nuevo por la escalerilla y se volvió para tomarle de la mano.

–Que yo era un problema para mis padres –respondió Grace–. Sabía tantas cosas… lo que no sabía era callarme cuando debía hacerlo. La mitad de las veces, mis padres no entendían de qué estaba hablando y eso los intimidaba.

Lo decía como si no tuviera importancia, pero Logan podía ver un brillo de pena en sus ojos. Y él entendía el dolor de alguien que no se sentía querido por sus padres.

–Pensé que a los padres les gustaba tener un hijo muy listo –comentó, tirándole un chaleco salvavidas.

Grace dejó escapar un suspiro.

–Cuando tenía cinco años, mi gato se rompió una pata y yo le puse una escayola. Mis padres lo llevaron al veterinario para hacerle una radiografía y dijo que la escayola estaba colocada perfectamente.

Logan soltó una carcajada.

–Imagino que se sentirían orgullosos de ti.

–No, no, eso los asustó mucho.

–No me lo puedo creer. ¿Por qué se asustaron? Al menos, usabas tus poderes para hacer el bien –intentó bromear Logan.

–Lo intentaba, desde luego, pero mis padres no lo veían así.

–Pero no lo entiendo –insistió él–. A mí no me parece que sea difícil llevarse bien contigo.

Grace sonreía mientras miraba el mar, pero Logan tuvo la impresión de que estaba a muchos kilómetros de allí.

–Nunca he admitido esto en voz alta, pero cuando me dijeron que iba a vivir en la universidad me llevé un susto de muerte. Lloré y les supliqué, les prometí que me portaría bien, pero ellos decían que no era por mi comportamiento, que era una gran oportunidad para mí. Parecían tan aliviados por esa decisión… sencillamente, querían librarse de mí porque no me entendían, así que les hice creer que también yo me alegraba.

–Parece que tú eras la adulta en esa casa, Gracie.

–Es posible.

–Lo siento mucho –dijo Logan.

Ella sacudió la cabeza.

–No, no. Perdona que te cuente todo esto, a nadie le gusta la gente que se queja.

–No te disculpes –Logan tomó su mano para mirarla a los ojos–. Cuéntame qué tal lo pasaste durante esos primeros años.

–No querrás que haga un melodrama.

–Cuéntamelo.

–Muy bien –Grace respiró profundamente–. Al principio fue horrible. Me daba miedo ir a clase y me sentía muy sola. No tenía amigos de mi edad y todo el mundo me miraba como si fuera una extraterrestre.

–¿Se lo contaste a tus padres?

–¿Para qué? Ellos no querían oír nada malo y, al final, todo salió bien, que es lo importante. Me encantaba trabajar en el laboratorio y, poco a poco, la universidad se convirtió en mi vida. Es mi sitio –le dijo, levantando la mirada–. Imagino que debo parecerte muy rara.

–¿Quién no es raro?

Grace sonrió.

–Eso es muy amable por tu parte.

–Oye, es cierto. Y no soy tan amable, no creas –dijo él, saltando al muelle para soltar amarras–. Ya verás cuando me convierta en el capitán Barbanegra.

Ella le hizo un saludo militar.

–A sus órdenes, mi capitán.

Mientras recorrían la bahía, Logan iba explicándole los rudimentos de la navegación y asignándole algunas labores.

Había tenido que hacer un esfuerzo sobrehumano para mostrarse calmado mientras le hablaba de sus padres. No podía imaginar lo que debió ser para ella crecer en una casa así, sintiéndose tan sola, tan incomprendida. Su madre los había abandonado cuando Aidan y él eran niños, pero al menos tenían a su padre, que siempre los había tratado con cariño, incluso cuando se portaban mal.

Por otro lado, Grace no parecía infeliz con su vida. De hecho, todo lo contrario; era una chica alegre y simpática que se llevaba bien con todo el mundo en el resort.

–Se te da muy bien –dijo Logan, al ver que sujetaba el timón como él le había enseñado.

–Soy una buena alumna –respondió Grace.

Logan estaba de acuerdo. Tal vez había sido lo mejor que viviera en la universidad y no en casa de sus padres. Ellos eran los raros, no Grace.

Se alegraba de haber dejado que se quedase en la isla... aunque eso no importaba porque tarde o temprano se marcharía y él se buscaría otra novia.

Siempre había sido y así seguiría siendo. Había muchas mujeres en el mundo y como Aidan solía decir: cuantas más, mejor.

Pero, por el momento y durase lo que durase, estaba más que satisfecho de pasar su tiempo con Grace.

—Es preciosa —dijo ella, señalando la costa.

—Sí, lo es —murmuró Logan, sin dejar de mirarla.

—¡Esta ensalada de pollo está buenísima! —exclamó Grace.

—En la cocina del hotel preparan meriendas y almuerzos para los clientes que quieren ir a navegar o de excursión por la isla —le explicó Logan.

Además de la ensalada de pollo y varios sándwiches, había todo tipo de frutas tropicales; algo que a Grace le encantaba porque en Minnesota no había nada de eso. Además, llevaban una botella de vino blanco y galletas de chocolate como postre.

Charlaron mientras comían y Grace sintió que su corazón daba un vuelco al recordar cómo la había defendido contra sus padres. Ella ya no los culpaba de nada, pero la emocionaba que Logan se pusiera de su lado.

Dee y él eran las primeras personas fuera de la universidad con las que compartía su pasado y los dos la habían apoyado de manera incondicional.

91

Nadie había hecho eso por ella y se sentía querida… querida en el sentido amistoso, naturalmente. Pero debía admitir que se sentía más cerca de Logan, Dee, Clive, Joey y los demás camareros que de la gente con la que había trabajado durante años en el laboratorio. ¿Y qué decía eso de su vida?

–¿Todo bien, Grace? –le preguntó él.

–Sí, sí. Es que… me preocupa que no vayamos a terminarnos toda esta comida.

–Eso nunca ha sido un problema para mí –replicó Logan, tomando otro sándwich.

Durmieron en cubierta, a la sombra de la vela, y después hicieron el amor en el camarote, con la brisa del mar entrando por el ojo de buey.

Las palabras cariñosas de Logan despertaban su deseo y todas sus terminaciones nerviosas se concentraban en un punto, el punto en el que estaban unidos. Un segundo después, Grace sintió una explosión de alegría y placer con más colores que cualquier celebración del cuatro de julio.

Logan se dejó ir murmurando su nombre, uniéndose a ella en aquel sitio maravilloso en el que no había estado nunca.

Luego la tomó entre sus brazos y, mientras su corazón recuperaba el ritmo normal, Grace se sintió querida por primera vez en su vida. Si no volvían a bajarse del barco sería absolutamente feliz allí.

Entonces abrió los ojos para mirarlo…

Y supo que tenía un serio problema.

***

Al día siguiente, Grace se inclinó sobre el tronco de una palmera y lanzó una exclamación al descubrir una profusión de esporas más oscuras que las otras.

¿Sería por la falta de sol o eran una nueva especie? ¿Aquellas prolíficas criaturas la ayudarían a resolver el enigma científico en el que llevaba años empeñada? Esperaba que fuera así.

Pasó la mañana recogiendo esporas y luego, por instinto, se adentró por el camino que llevaba a la selva tropical, perdiéndose entre árboles y helechos.

Hacía mucho calor allí y la luz del sol solo se colaba entre las ramas de vez en cuando. Los fuertes aromas de la naturaleza la envolvían y sonrió a pesar de las gotas de sudor que le corrían por la espalda.

No se atrevía a adentrarse mucho más llevando unas sandalias, pero la próxima vez que decidiese explorar se pondría un calzado más apropiado.

Cuando terminó de recolectar esporas colocó las placas de petri en su maletín y miró alrededor.

Estaba en un altozano y la panorámica desde allí era incomparable. Podía ver toda la bahía de Alleria, con sus playas rodeadas de palmeras…

No había visto nada tan hermoso en toda su vida.

Unos minutos después, sacó su smartphone para hacer fotografías. Una fotografía nunca podría reflejar los colores y el esplendor de la naturaleza que la rodeaba, pero al menos tendría un recuerdo.

Un ruido llamó entonces su atención y Grace miró hacia la izquierda. De la cima de la colina caía un chorro de agua y, sintiendo curiosidad, se adentró un poco más entre los árboles… para encontrarse de repente frente a una laguna natural.

Rodeada de plantas y árboles, la laguna no era visible desde el camino y se quedó sorprendida al ver que el chorro de agua se convertía en una fabulosa cascada.

Aquel sitio era paradisíaco.

¿Habría lagartos?, se preguntó entonces. ¿Serpientes? Tendría que preguntarle a Logan antes de nadar allí.

–¿Qué sería el paraíso sin una serpiente? –murmuró, burlona.

Mientras se imaginaba a sí misma nadando con Logan en las aguas transparentes de la laguna, Grace tomó su maletín para volver al hotel con una sonrisa en los labios.

Capítulo Siete

Logan esperaba apoyado en la puerta de una limusina mientras Aidan y Eleanor, la vicepresidenta de la empresa Sutherland, bajaban por la escalerilla del G650, el jet privado que utilizaban para sus desplazamientos.

–Bienvenidos a casa –los saludó, abrazando a su hermano y besando a Eleanor–. Habéis hecho un gran trabajo en Nueva York.

–Y no ha sido fácil –bromeó ella.

–Ya me imagino.

Una vez en el hotel, se despidieron de Eleanor para ir a la suite de Aidan y, mientras su hermano se cambiaba el traje de chaqueta por un pantalón corto y una camiseta, Logan sacó dos cervezas de la nevera.

–Gracias –Aidan tomó un largo trago de la suya–. Uf, tengo la impresión de que llevo meses fuera de aquí.

Logan se dejó caer sobre un sillón.

–Pues para mí es como si te hubieras marchado ayer mismo.

–Ah, el cariño fraternal –bromeó Aidan.

Los dos hermanos sonrieron, mirando unos ojos idénticamente azules.

Nadie más que su padre era capaz de distinguirlos. Incluso los amigos íntimos y los parientes eran incapaces de averiguar quién era quién. Su madre, por ejemplo, siempre los confundía. Claro que su madre nunca se había molestado en conocerlos de verdad y cuando desapareció nadie se sorprendió demasiado.

Pero eso era agua pasada, pensó Logan.

–Mañana, después de la conferencia, tenemos que preparar la visita de los Duke.

–Buena idea –Aidan abrió su maletín para sacar un cuaderno–. He tomado algunas notas.

Logan seguía sin creer que no hubieran conocido a sus primos hasta el año anterior. Adam, Brandon y Cameron Duke eran los hijos adoptivos de Sally Duke, que era la viuda del hermano de su padre, William.

Logan sonrió. La extraña naturaleza de su relación a veces también lo confundía a él. Un año antes, el padre de Logan, Tom, había recibido una llamada de Sally explicándole el parentesco. William y Tom habían perdido a sus padres en un accidente de coche y, sin otros parientes que se hicieran cargo de ellos, habían crecido en un orfanato en San Francisco hasta que William fue adoptado. En esos días, nadie se preocupaba por no separar a dos hermanos, de modo que no volvieron a verse.

Ya siendo adulto, William se puso en contacto con el orfanato para descubrir el paradero de su hermano, pero el edificio había sido destruido en un incendio y todos los documentos se habían perdido.

Tras la muerte de William, Sally había retomado la búsqueda y, gracias al milagro de Internet, por fin encontró a su padre. Tras la primera reunión familiar habían intentado verse tan a menudo como era posible y Logan tenía la impresión de que su padre estaba un poco colado por Sally.

Como los hermanos Duke se dedicaban a construir hoteles, Logan y Aidan los habían invitado a visitar Alleria para ver si estaban interesados en ampliar su negocio en el Caribe y llegarían allí el siguiente fin de semana. Logan estaba decidido a enseñarles lo hermosa que era la isla...

Y también debería enseñársela a Grace, pensó. Debería mostrarle los manantiales de agua caliente y la laguna natural.

Intentando apartar a una desnuda Grace de su mente, Logan observó a su hermano colocando la ropa en el armario. Ahora que estaba de vuelta se sentía más relajado. Cuando Aidan no estaba era casi como si le faltase un miembro; uno de esos fenómenos raros de los mellizos idénticos.

–¿Te apetece comida mexicana? –le preguntó Aidan.

–¿Cómo lo sabes?

Su hermano se limitó a sonreír.

Riendo, Logan tiró la lata vacía de cerveza a la papelera antes de levantarse.

–Vamos a comer.

***

Grace había buscado a Logan para hablarle de la laguna natural que había encontrado entre los árboles, pero uno de los empleados de recepción le dijo que había ido al aeropuerto a buscar a su hermano, de modo que volvió a su habitación y se dedicó a estudiar las esporas.

Intentaba estudiar las esporas sin pensar en Logan, pero se preguntaba si iría al bar esa noche. ¿Le presentaría a su hermano? ¿Le caería bien?

Eso esperaba. Sabía que eran mellizos, todo el mundo en el hotel hablaba de ellos, especialmente las mujeres. Aparentemente, era imposible distinguirlos.

Le parecía imposible que dos personas se pareciesen tanto. Además, ¿cómo no iba a distinguir ella al hombre con el que había pasado tantas horas haciendo el amor?

A la una, dejó el microscopio y las esporas y se dispuso a ducharse antes de ir a trabajar.

Mientras se lavaba el pelo, pensó en la reacción de Logan al descubrir que prácticamente había vivido siempre en la universidad. A Logan parecía gustarle su amor por la Ciencia y que quisiera aprender cosas nuevas todo el tiempo. Se sentía tan a gusto con él que no quería que aquellos días terminasen.

Se dio cuenta entonces de que no podía recordar la cara de Walter. Sería maravilloso si esa cara desapareciese de su memoria para siempre, pensó.

Logan era otra cuestión. Su rostro estaba grabado en su memoria de manera tan clara que nunca podría olvidarlo.

No podía dejar de pensar en él. Sencillamente, era el hombre más encantador que había conocido nunca y una parte de ella deseaba no tener que irse de Alleria.

La parte más práctica de su cerebro le recordaba que nada duraba para siempre. Aunque se quedase en la isla, Logan podría cansarse de ella. ¿Y qué pasaría entonces? ¿La despediría? ¿O le haría la vida imposible hasta que tuviera que irse?

Ese pensamiento la entristeció de tal modo que decidió que sería mejor marcharse cuando tenía planeado hacerlo. Antes de que Logan empezase a mostrar signos de aburrimiento o de irritación.

Después de ponerse el bikini y el pareo echó un último vistazo al microscopio...

Y volvió a hacerlo.

—No puede ser —murmuró.

Nerviosa, comprobó sus notas. ¿Había cometido un error al anotar el tamaño y la forma de las nuevas esporas? No creía haberlo hecho, de modo que miró el microscopio de nuevo. Y luego sus notas otra vez.

O estaba viendo visiones o las esporas se reproducían al menos tres veces más rápido que las que tenía en el laboratorio de la universidad. Si era cierto, si no estaba alucinando, las nuevas esporas que había encontrado adentrándose en la selva tropical eran más fuertes y más eficientes que las demás.

Grace empezó a dar saltos de alegría. Era un descubrimiento increíble, algo que no habría esperado encontrar jamás.

Debería estar deseando volver al laboratorio para trabajar con su equipo, más preciso que el que había llevado allí, pero lo único que quería era encontrar a Logan para contárselo. Después de todo, él había dejado que se quedase en la isla dándole la oportunidad de encontrar aquellas esporas.

Y se puso colorada al pensar en todas las maneras en las que podía demostrarle lo agradecida que estaba.

La música del grupo de mariachis flotaba en el patio de La Casa del Puerto, donde Aidan y Logan disfrutaban las fajitas, las tortillas y la fabulosa y pintoresca panorámica del puerto de Tierra Alleria. Y los margaritas tampoco estaban mal.

El puerto de Tierra Alleria era donde Logan y Aidan habían atracado la primera vez que llegaron allí. Jamás se les había ocurrido que construirían un hotel, y menos que comprarían toda la isla, pero se habían quedado encantados con sus playas y su maravillosa selva tropical.

Habían descubierto durante su primera visita que una línea de cruceros había añadido la pequeña isla a su lista de escalas y pensaron que Alleria podría convertirse en el nuevo destino turístico del Caribe.

Habían sobrevivido gracias al instinto el tiempo suficiente como para saber cuándo algo tenía posibilidades y, después de hablar con un grupo de inversores, eran los orgullosos propietarios de una isla en el Caribe. Y en cuanto firmaron el contrato encargaron el diseño y la construcción del resort.

Siete años después, con el objetivo conseguido, el hotel servía como cuartel general de las empresas Sutherland. Tenían oficinas en Nueva York y San Francisco también, pero Alleria era su hogar.

–¿Has terminado de cenar? –le preguntó Aidan entonces.

–Sí –respondió Logan.

–Muy bien, entonces podemos hablar.

–Llevamos hablando toda la noche –dijo él, mirando a su hermano con recelo.

–Sí, pero he oído por ahí que hay una camarera que te tiene muy interesado.

–¿Has oído por ahí? ¿Ahora te dedicas a escuchar cotilleos?

Aidan se encogió de hombros.

–Cuando la fuente de los cotilleos es la gerencia del hotel, suelo prestarle atención.

–¿Y cuál es el problema?

–¿Estás saliendo con una empleada? ¿Te has vuelto loco o qué?

–En realidad, no es una empleada –respondió Logan.

–¿Ah, no? Pues me han dicho que es una de las camareras del bar.

–Es una empleada temporal.

Logan le explicó que Grace había llegado al hotel mintiendo sobre su experiencia profesional y que solo estaría allí unos meses, mientras hacía su investigación sobre las esporas.

–Sí, todo eso está muy bien –dijo Aidan–. Pero no me has dicho por qué estás saliendo con ella.

–Porque Grace es…

Su hermano se inclinó hacia delante.

–¿Perdona? No te he oído.

–No es asunto tuyo –replicó Logan.

–Ah, de modo que es guapísima –su hermano sonrió.

–Cállate.

–Cuando hablamos el otro día por teléfono te noté raro.

–No es nada que deba preocuparte.

Aidan lo estudió en silencio durante unos segundos.

–No estoy convencido del todo.

–Pues lo siento por ti. Además, da igual. Grace solo estará aquí unas semanas más.

–¿Estás seguro?

–Completamente. Debe volver a ese laboratorio del que no sale nunca.

Decir eso en voz alta hizo que Logan frunciese el ceño. Porque no quería que se fuese todavía. ¿Por qué iban a separarse cuando lo estaban pasando tan bien?

Grace no se parecía a ninguna mujer que hubiese conocido antes y debía admitir que se sentía… en fin, cautivado por ella. ¿Quién no lo estaría? Era guapísima y encantadora, con un cerebro asombroso y un corazón aún más increíble.

Aidan sacudió la cabeza, disgustado.

–Maldita sea. Te has enamorado.

–¿Qué? –sorprendido, Logan soltó una carcajada–. Eso no es verdad. No estoy enamorado.

–Sí lo estás.

–¿Crees que soy tonto? No he olvidado que Grace mintió para conseguir su puesto de trabajo. ¿Por qué iba a confiar en ella?

–Te acuestas con ella.

–¿Y qué?

–Tú mejor que nadie deberías saber cómo son las mujeres. Una vez que te acuestas con ellas, creen que te tienen agarrado por las pelotas. Además, ¿qué sabes de Grace? ¿Esporas? ¿A qué se dedica, a la guerra biológica?

–No, son esporas buenas –bromeó Logan.

–El caso es que te ha enganchado nada más llegar a la isla y tú estás enamorándote como un tonto.

–No me estoy enamorando –replicó Logan–. Mira, deja el asunto, me aburres.

–Lo dejaré cuando me hagas caso. ¿Se te ha ocurrido pensar que esa chica podría estar buscando tu dinero?

Logan soltó una carcajada. ¿Grace una buscavidas?

–No podrías estar más equivocado. Te lo aseguro, es imposible, ella no es así. Su mundo es un laboratorio. Deberías ver su habitación… tiene un microscopio y todo tipo de cosas raras.

–No la ves de manera objetiva.

–Que no sea objetivo no significa que sea tonto.

–Muy bien, demuéstramelo.

–¿Cómo?

Aidan sonrió, enarcando una ceja.

–Muy fácil, vamos a darle el cambiazo.

–No, de eso nada –Logan golpeó la mesa con el puño–. Ni se te ocurra.

Hacerse pasar el uno por el otro era una broma que habían practicado durante toda su vida. Lo habían hecho en el colegio, en la universidad… y también con las mujeres. Normalmente lo hacían para divertirse o cuando uno de los dos empezaba a ir demasiado en serio con alguien. Aidan decía que era una prueba para ver si la mujer en cuestión estaba realmente interesada.

La última vez que dieron el cambiazo fue cuando Logan empezó a sospechar que su mujer, Tanya, le estaba siendo infiel. Le había pedido a Aidan que se hiciera pasar por él… y Tanya no había pasado la prueba.

–Muy bien, como quieras. Preséntamela entonces –dijo Aidan–. Vamos a pasar por el bar.

–No tengo intención de presentártela.

–Si no me la presentas tú, iré a presentarme yo mismo.

Logan suspiró.

–De acuerdo, pasaremos por el bar, la saludarás y luego nos dejarás en paz.

Su hermano sonrió.

–¿Tienes miedo?

–No digas tonterías.

¿Qué le pasaba? No tenía importancia que Aidan quisiera conocer a Grace. Pero no iba a dejar que su hermano diese el cambiazo.

–¿De dónde es nuestra amiga Grace?

–De Minnesota.

–Ah, una chica de campo.

–¿De campo? Ya te he dicho que se dedica a la Ciencia. En Alleria hay unas esporas muy raras que necesita para su investigación y está estudiándolas con la esperanza de encontrar la cura para muchas enfermedades.

–¿No me digas?

–Sí.

Aidan cruzó los brazos sobre el pecho.

–Parece que, de repente, sabes mucho sobre esporas.

–Pues sí, sé algo –replicó Logan–. En Alleria tenemos esporas milagrosas y yo estoy encantado.

Su hermano soltó una carcajada.

–¿Seguro que no quieres que demos el cambiazo? Siempre nos ha funcionado.

Logan pensó que Aidan daría el cambiazo quisiera él o no. Pero cuando conociese a Grace vería lo sincera y encantadora que era y la dejaría en paz.

–Muy bien –asintió por fin–. Haz lo que te parezca, pero juro que te mato si se lo haces pasar mal.

–Es lo más justo –asintió Aidan.

Capítulo Ocho

–Hola, cariño. Anoche te eché de menos.

Grace se dio la vuelta y sonrió, feliz, al ver a Logan.

–Yo también te he echado de menos. Cuánto me alegro de que… –Grace no terminó la frase, mirándolo con el ceño fruncido.

La había llamado cuando terminó su turno para decirle que esa noche no podían verse y parecía tan triste como ella, de modo que Grace no se había preocupado.

Además, que hubiese ido a buscarla y que la conociera lo suficiente como para saber que estaría en el palmeral le alegraba el día.

¿Sería demasiado llevarlo hasta la laguna que había visto el día anterior y hacer el amor con él? Grace sintió un escalofrío al imaginarlo.

Pero había algo raro… Logan no era…

Grace lo miró fijamente, intentando descifrar cuál era la diferencia esa mañana. ¿Eran sus orejas? ¿Era…?

–Cariño –dijo él entonces, mirándola con gesto de preocupación–. ¿Te ocurre algo?

No, a ella no le ocurría nada, pero él parecía diferente. Aunque no sabría explicar en qué sentido.

–¡Ah, ya lo entiendo! Tú debes ser Aidan –exclamó.

–Qué bobada. Yo no soy...

–Siempre me he preguntado cómo sería tener un hermano idéntico a mí. Debe ser fascinante mirar a otra persona y ver tu propia cara –Grace dio una vuelta a su alrededor, mirándolo con atención–. Vaya, es increíble. Eres exactamente igual que Logan.

–Pero es que soy Logan –insistió él.

–Qué gracioso –Grace le dio un golpecito en el brazo–. El concepto de los mellizos idénticos siempre me ha parecido fascinante. Imagino que de niños le tomaríais el pelo a la gente.

–Nosotros no le tomamos el pelo a nadie –dijo él, con el ceño fruncido.

–¿Ah, no? Pues si yo hubiera tenido una hermana melliza lo habría hecho –Grace suspiró–. ¿Hacéis las cosas de la misma forma o es un comportamiento aprendido? Hay muchos estudios sobre mellizos idénticos... ¿alguno de los dos ha pensado dedicar algún tiempo a la investigación científica?

–¿Qué? –exclamó él, totalmente desconcertado.

–Imagino que sabrás que los mellizos idénticos vienen del mismo óvulo. Pero qué emoción imaginar ese óvulo fértil separándose en el útero. Ver la primera división celular de un zigoto convertirse en dos seres humanos distintos... es un milagro de la naturaleza, desde luego. Increíble, ¿verdad?

Él la miraba como si le hubieran salido antenas pero, por supuesto, Grace estaba acostumbrada.

–Grace…

–No te preocupes, no estoy enfadada –lo interrumpió ella–. Entiendo que hayas querido ponerme a prueba. Si yo tuviera una hermana melliza también pondría a prueba a mis novios. De hecho, me alegra que te hayas tomado la molestia de intentarlo. Eso me hace especial, ¿no?

–¿No estás enfadada?

–No, no, me parece divertido.

–Fui idea mía –le confesó Aidan.

–Ya me imagino –Grace sonrió–. Encantada de conocerte, Aidan. Logan habla muy bien de ti.

–¿Ah, sí?

–Sí, claro.

–¿Y cómo has sabido que no era Logan?

–Qué pregunta tan tonta –respondió Grace–. Ven conmigo, tengo que recoger esporas.

Aidan era idéntico a su hermano y, sin embargo, diferente. Logan nunca la había llamado «cariño» y, además, la expresión de Aidan era más irónica que la de su hermano.

Había más diferencias, por supuesto. Aunque sus facciones eran idénticas, la postura de Logan era diferente. Y tal vez era su imaginación, pero cuando sonreía la comisura de sus labios se inclinaba un poco hacia la izquierda. Sus ojos brillaban más y su pelo era más espeso…

Aidan seguía mirándola con cara de sorpresa.

–¿Estás bien? –le preguntó Grace–. Te has puesto colorado. Es por el sol, deberías llevar sombrero.

–Estoy bien –respondió él, pasándose una mano

por el pelo–. Me alegro de haberte conocido, pero tengo que irme… –Aidan señaló en dirección al hotel.

–Encantada de conocerte –Grace se puso de puntillas para darle un beso en la cara–. Espero que podamos charlar en otro momento.

–Sí, claro.

Aidan se alejó sacudiendo la cabeza.

–Maldita sea, no tiene gracia.

Logan estaba riendo a carcajadas.

–¿Te ha hablado de zigotos? Me encanta.

–Pues a mí no me hace ninguna gracia –protestó Aidan–. Nadie más que papá es capaz de distinguirnos. No sé lo que significa esto, pero me preocupa.

–Grace es más observadora que la mayoría de la gente, es su trabajo –dijo Logan–. Bueno, ¿qué te ha parecido?

Aidan se encogió de hombros.

–Guapa y simpática. Tiene unos ojos… y ese pelo rojo es increíble. Me miraba como si fuera un insecto bajo un microscopio –dijo Aidan entonces.

–Es culpa tuya por intentar engañarla. Al menos no te ha dado una bofetada, aunque te la merecías.

Aidan lo miró, perplejo.

–Te estás poniendo de su lado… ¿se puede saber qué te pasa?

–Nada, que me gusta Grace.

–¿Y si hubiera estado estudiándonos… o vigilándonos?

—¿Qué quieres decir?

—La terraza estaba abierta y tal vez te haya visto con el traje de chaqueta. Por eso, en cuanto yo he aparecido con un pantalón corto ha sabido que no se trataba de ti.

—Tú estás loco.

—Sí, es posible —Aidan suspiró—. Pero es que me parece muy raro. ¿Qué vamos a hacer con ella?

—No vamos a hacer nada —respondió Logan.

—Oye, que lo hago por ti. Podría ser una estafadora.

—No digas tonterías.

—Muy bien, como quieras. Pero jamás pensé que el cambiazo me fallaría —Aidan suspiró.

—Es un día triste, desde luego —Logan sacudió la cabeza mientras señalaba un plano sobre su escritorio—. Venga, vamos a trabajar.

—¿Me prometes que no hay serpientes?

—Te lo juro —dijo Logan, tomándole la mano—. En Alleria no hay serpientes venenosas. Hay algunas serpientes pequeñas que se alimentan de insectos, pero nada más.

Las nubes se movían en el cielo mientras tomaban un camino entre los árboles. Veinte minutos después de atravesar una zona frondosa se detuvieron al borde de la laguna natural en la base de la colina. Había burbujas en la superficie, de modo que el agua estaba caliente, pero la cascada que caía sobre ella era de agua fresca.

La vegetación creía en abundancia, convirtiendo aquel sitio en un santuario donde nadie podría verlos.

—Es como un paraíso privado —dijo Grace—. ¿Podemos tirarnos al agua?

—Por supuesto —Logan se quitó la camiseta y señaló la cascada—. El agua que viene de la colina es mucho más fresca.

—¿Y seguro que no hay lagartos?

—No hay lagartos.

—Bueno, confiaré en ti —dijo Grace—. Los lagartos y los cocodrilos me dan pánico.

—A mí también. Te juro que lo único que hay por aquí son salamandras y lagartijas tomando el sol.

—¿El agua cubre mucho?

—No, creo que hay dos metros como máximo.

Grace se quitó el pantalón corto y se ajustó las tiras del bañador.

Y Logan, que era humano, deslizó la mirada hacia sus pechos. Cuando sus pezones se levantaron ante el escrutinio tuvo que sonreír. Estaba bien saber que la atracción era mutua.

Sin poder evitarlo, su mirada se deslizó hacia el estómago plano, las caderas redondeadas, las largas y preciosas piernas…

Cuando por fin se dio cuenta de que Grace lo estaba observando, en jarras, hizo un esfuerzo para mirarla a los ojos.

—Oye, que soy un hombre —se disculpó.

—¿Ya has visto suficiente?

—No, la verdad es que no —respondió Logan.

Grace tuvo que sonreír.

–Bueno, si te portas bien a lo mejor puedes ver algo más.

–No pienso portarme bien, te lo advierto.

Riendo, Grace se volvió hacia la laguna.

–El último en lanzarse es un sucio protozoo.

Un segundo después, los dos estaban en el agua. Logan llegó a su lado enseguida y cuando la tuvo entre sus brazos buscó sus labios para darle un beso largo, profundo.

Sin decir una palabra, empezaron a quitarse la poca ropa que llevaban. Logan tiró su pantalón corto y el bañador de Grace sobre una roca y luego, a pesar del deseo de estar dentro de ella, dedicó toda su atención a darle placer. Estaba decidido a ir despacio, aunque sus pechos desnudos eran una tentación.

Cuando Grace pasó la lengua por su labio inferior, en un gesto a la vez inocente y seductor, se olvidó de todo salvo del placer, puro y sin adulterar.

Se tomó su tiempo acariciando sus pechos, rozando sus pezones con los pulgares y metiendo una mano entre sus piernas para acariciar los suaves pliegues hasta que la oyó suspirar. El dulce sonido lo excitó de inmediato y cuando Grace bajó la mano para acariciarlo bajo el agua tuvo que apartarse o terminaría allí mismo.

–Te necesito, Logan –murmuró ella, echándole los brazos al cuello.

–Antes tengo que hacer esto –susurró él, inclinando la cabeza para envolver su pezones con los labios–. Enreda las piernas en mi cintura, cariño.

Grace hizo lo que le pedía y Logan empezó a moverse, empujando hacia arriba cada vez con más fuerza. Cuando ella gritó de placer, tuvo que hacer un esfuerzo para ir más despacio y disfrutar de cada segundo… pero el deseo lo consumió una vez más y el instinto hizo que sus movimientos fueran cada vez más rápidos, más frenéticos.

Grace gritó su nombre unos segundos después y Logan dejó escapar un gemido ronco mientras caía con ella por el precipicio.

Saciados y agotados, se tumbaron sobre una roca en la orilla de la laguna.

—Tienes razón, esto es un paraíso —dijo Logan, apoyándose sobre un codo para besarla.

Grace miró el poderoso cuerpo masculino a su lado, deseando volver a tocarlo. Pero no tenía fuerzas para mover un músculo.

Durmieron un rato al sol y luego volvieron a lanzarse al agua. Grace nadó hacia la cascada porque necesitaba un poco de agua fresca para enfriar su ardor, pero Logan llegó enseguida a su lado y la apretó contra su torso. Enfriar su ardor era imposible, de modo que Grace le pasó las manos por los hombros y la espalda, maravillándose de lo suave que era su piel.

El paraíso, pensó. Aunque jamás hubiese podido imaginarlo, lo había encontrado. Y su corazón se encogió al pensar que era una cuestión de tiempo que tuviera que marcharse de allí.

Dos días, después, el padre de los mellizos, Tom, llegó a Alleria con Sally Duke, los tres hermanos Duke y sus respectivas esposas.

Mientras brindaban por su llegada, Logan vio a Grace moviéndose entre las mesas.

«Debería estar sentada conmigo y con mi familia», pensó. Y ese pensamiento lo dejó atónito. No, no podía ser. Grace no era parte de su familia. Sí, se acostaban juntos y le gustaba mucho, pero tenía que pensar con la cabeza.

—Tus empleados son estupendos —comentó Adam.

—Desde luego —asintió su mujer, Trish—. Los camareros son guapísimos, además.

La mujer de Brandon, Kelly, sonrió.

—¿Quién no querría trabajar en un paraíso tropical?

—Es un sitio espectacular —asintió Sally, señalando la terraza—. La vista desde aquí es magnífica.

Julia, la mujer de Cameron, frunció el ceño.

—¿Todas las camareras tienen que ser tan guapas, Logan?

—Nunca ha sido un requisito, pero lo importante es que trabajar sirviendo cócteles requiere estar de pie muchas horas y tener fuerza para llevar las bandejas.

—O sea, que además están en forma. Es que las odio —bromeó Kelly.

Logan miró alrededor y se dio cuenta de que era verdad. Las camareras del bar eran espectaculares, pero nunca había pensado en ello. Eran sus empleadas, sencillamente.

–Bueno, el hotel es precioso y las camareras van a juego –dijo Sally–. Pero lo más importante es que saben hacer su trabajo.

–Eso es lo único que importa en Alléria –asintió Aidan–. Aquí se viene a disfrutar.

–Yo pienso empezar con un masaje mañana a primera hora –dijo Sally.

–Me apunto –Kelly suspiró, pasándose una mano por el cuello.

–Yo esperaba jugar un rato al golf –intervino Tom, el padre de Logan.

–Me apunto –dijo Adam.

–Yo también –anunció Brandon–. Por cierto, Kelly juega al golf de maravilla. Imagino que también querrá apuntarse.

–Primero el masaje, pero me encantaría jugar al golf pasado mañana.

–Yo iré a nadar contigo, cariño –dijo Cameron, pasándole un brazo a Julia por los hombros.

Logan sintió una punzada de envidia. Sus primos habían encontrado tres mujeres fabulosas, guapísimas e inteligentes con las que formar una familia.

Logan estaba corriendo por la playa al día siguiente, intentando concentrarse exclusivamente en la respiración. Pero no podía dejar de pensar en

Grace, desnuda en su cama. Le había parecido buena idea levantarse a correr un rato, pero ahora no entendía por qué.

Pasó frente al pabellón donde solían organizar conciertos en la temporada alta, frente al muelle donde el hotel tenía una pequeña flota de catamaranes para los clientes...

Y eso le recordó el día que fue a navegar con Grace y su maravilloso cuerpo desnudo...

—Maldita sea —murmuró, intentando concentrarse en el sonido de sus pasos sobre la arena.

—¡Hola, Logan!

Él levantó la mirada y vio a Brandon a su lado.

—Buenos días, Brandon. Te has levantado muy temprano.

—No podía dormir. No te rías, pero echo de menos a mi hijo.

—¿Por qué iba a reírme? Es lógico.

—Kelly dice que es bueno estar solos unos días, pero también ella lo echa de menos. La he pillado mirando su fotografía un par de veces.

—¿Cuánto tiempo tiene?

—Siete meses —respondió Brandon—. Y no me gusta demasiado dejarlo con la niñera...

—¿Tienes fotografías?

—Tengo el IPod lleno y estoy dispuesto a aburrir a cualquier incauto.

Logan soltó una carcajada.

—Eso significa que eres un buen padre.

—Quién lo hubiera dicho —Brandon sacudió la cabeza.

–Tuviste una madre estupenda que te enseñó lo que había que hacer.

–No exactamente.

–¿Qué quieres decir?

–Los tres venimos de familias problemáticas. Los servicios sociales se hicieron cargo de nosotros más o menos al mismo tiempo y Sally nos adoptó a los tres cuando teníamos unos ocho años.

Logan lo miró, sorprendido.

–No lo sabía. Pensé que os había adoptado cuando erais muy pequeños.

–No, qué va –dijo Brandon–. Durante mis primeros ocho años de vida tuve que soportar a una madre adicta a la cocaína y a una especie subhumana de hombre al que me niego a llamar padre que nos pegaba desde que puedo recordar. Después de una paliza brutal, mi madre se marchó de casa dejándome con ese monstruo pero, afortunadamente, una vecina llamó a los servicios sociales. Adam y Cameron tuvieron experiencias similares. Fue una suerte que Sally nos encontrase.

Logan dejó de correr para mirar a su primo.

–No sé qué decir. Anoche estaba pensando en la suerte que teníais de haber crecido con una mujer como Sally. Me compadecía de mí mismo, comparando mi vida con la vuestra.

–Sally nos cambió la vida –asintió Brandon–. Y es verdad que soy el tipo más afortunado del mundo, pero Sally tuvo que echarme más de una regañina para que me diese cuenta.

–¿Por qué?

–Estuve a punto de dejar a Kelly.

–¿Ah, sí? Pero si parecéis la pareja perfecta.

Brandon sonrió.

–Estaba loco por ella, pero me daba miedo formalizar la relación por si acaso no daba la talla. Afortunadamente, Sally consiguió hacerme entrar en razón.

–A ver si lo entiendo: ¿no querías casarte con Kelly porque pensabas que tu infancia te había dejado marcado y podrías acabar siendo como tu padre?

–Algo así.

Logan asintió con la cabeza.

–Mi madre nos abandonó cuando teníamos siete años.

–Sí, lo sé. Pero mira el lado bueno del asunto: al menos se marchó dejándoos en manos de un padre estupendo.

–Sí, eso es verdad.

Logan no lo había visto desde esa perspectiva. Brandon había sobrevivido a una situación terrible… no, había hecho algo más que sobrevivir: había triunfado en la vida y Logan tenía que admirarlo por eso.

Había juzgado mal a sus primos y estaba un poco sorprendido al admitir que por culpa de su madre siempre había desconfiado de las mujeres.

–Maldita sea, he sido un tonto.

Brandon le dio una palmadita en la espalda.

–Bienvenido a mi mundo, amigo.

Capítulo Nueve

–Se tarda menos de dos horas en recorrer la isla –estaba explicando Logan a sus primos después de indicarle al conductor de la limusina que tomase la carretera principal–. Eso sin parar, claro.

–Pero vamos a hacer cuatro paradas, ¿no? –preguntó Brandon, mirando el itinerario que había hecho la secretaria de los Sutherland.

–Eso es –respondió Logan–. Hay tres sitios posibles para el nuevo hotel y el centro deportivo y queremos que nos deis vuestra opinión. Luego pararemos a comer en el puerto de Tierra.

Adam le pasó un brazo por los hombros a su mujer, que iba sentada a su lado en la espaciosa limusina.

–Me alegro de que hayáis decidido venir con nosotros.

–Yo también –dijo Trish–. Podemos darnos el masaje por la tarde, esto es más interesante.

Las primeras dos paradas fueron breves y todo el mundo estuvo de acuerdo en que no eran el sitio adecuado para el tipo de hotel en el que los Duke estaban especializados.

–Nos queda uno más –dijo Logan mientras seguían hacia el norte.

Cuando la limusina se detuvo unos kilómetros más adelante, todos se quedaron mirando, en silencio.

–Es perfecto –Trish fue la primera en hablar, antes incluso de que salieran de la limusina.

El conductor había entrado por un estrecho camino de tierra y se había detenido a unos metros de una playa rodeada de palmeras que se movían con la brisa.

Todos bajaron del coche y se quedaron mirando, emocionados.

–Es como una postal –dijo Kelly.

–Es increíble –asintió Trish.

A Logan siempre le había gustado aquella tranquila playa y se preguntó por qué nunca había llevado a Grace allí. Algún día, pensó, mientras sus primos y sus mujeres no dejaban de admirar el sitio. Y entonces se preguntó si Grace volvería algún día a Alleria y vería el segundo hotel construido.

No, Grace se marcharía y no volvería a la isla a menos que necesitase más esporas. Y lo mejor sería recordarlo.

–¿Puedo vivir aquí? –exclamó Julia.

Estuvieron una hora explorando la playa y haciendo planes para construir allí el hotel. Afortunadamente, los Duke ya habían encargado un estudio geológico de viabilidad y no veían ningún problema.

–¿Entonces estáis interesados? –les preguntó Aidan.

–Claro que estamos interesados –respondió Adam.

–En cuanto el departamento financiero haya hecho números firmaremos el contrato –anunció Cameron.

Después de mostrarles el sitio en el que pensaban construir el centro deportivo, almorzaron en el patio de un pequeño restaurante francés desde el que se veía el puerto de Tierra.

–¡Dios mío, estoy llena! –exclamó Trish, apartando su plato–. Lo único que voy a poder hacer esta tarde es derrumbarme sobre una hamaca.

–Lo mismo digo –asintió Julia–. Pero las coquinas estaban maravillosas.

–¿Cómo es posible que un chef tan bueno haya terminado en una isla tan pequeña? –preguntó Cameron.

–Su familia es de aquí –respondió Logan–. Estudió en Francia y luego volvió a su casa, con su novia de toda la vida.

–Es nuestra camarera –señaló Aidan.

–Qué romántico –Kelly suspiró y Brandon, su marido, se inclinó para darle un beso en la mejilla.

Mientras observaba a sus primos flirtear con sus esposas, Logan tuvo el extraño deseo de volver inmediatamente al hotel para buscar a Grace. La echaba de menos y deseó, no por primera vez, haberla invitado a unirse al grupo.

–Imagino que no habrá forma de contratarlo para nuestro hotel, ¿verdad? –preguntó Adam.

–Imposible, lo hemos intentado todo. Este restaurante es de su familia y no se mueve de aquí –respondió Logan.

–Y hay muchos más lugares secretos en la isla… incluso algunos que no aparecen en los folletos –Aidan empezó a hablarles de los manantiales de agua caliente y de la laguna natural, pero Logan no estaba centrado en la conversación. Estaba pensando en Grace y en el día que hicieron el amor en la laguna.

Le habría encantado llevarla allí a comer… y lo haría pronto, decidió.

Era raro que su deseo por ella aumentase cada día en lugar de disminuir, como era lo habitual. Y estaba empezando a preguntarse si se cansaría de ella algún día.

Logan entró en el bar a las cinco y Aidan lo recibió, lo tomó del brazo con gesto preocupado.

–Tenemos que hablar.

–¿Qué ocurre?

Estaba de buen humor después de haber pasado un par de horas con Grace en su habitación. Logan siguió a Aidan hasta una mesa al fondo del bar, donde Brandon tomaba una cerveza.

–Siéntate –le indicó Aidan.

–¿Se puede saber qué pasa?

–Vamos, cuéntaselo.

Brandon suspiró.

–Aidan piensa que hay un problema. Quiero que mires al fondo del bar, donde mi madre está hablando con tu padre.

Logan sonrió.

–Sí, ya he visto que van juntos a todas partes. ¿Creéis que hay algo entre ellos?

–Esa no es la cuestión –dijo Aidan.

–¿Qué te pasa? Nunca te había visto tan nervioso –replicó Logan.

Brandon sonrió de nuevo.

–Durante la última media hora, mientras Aidan y yo hablábamos en el bar, mi madre ha estado charlando con esa camarera pelirroja.

–¿Y bien?

–Cuando le he contado a Aidan que mi madre tiene por costumbre hacer de casamentera, tu hermano me ha dicho que debería advertirte.

–¿Sobre qué deberías advertirme?

Aidan levantó las manos en señal de rendición.

–Admito que suena un poco raro, pero tú no has visto la cara que ponía Sally. Están haciendo planes, te lo digo yo.

–Te has vuelto loco –Logan suspiró, sacudiendo la cabeza.

–Bueno, es posible que me haya dejado llevar…

–Yo he visto a Sally casar a mis dos hermanos y estaba decidido a que no hiciera lo mismo conmigo –intervino Brandon.

–Pero estás felizmente casado, tú mismo me lo contaste.

–Sí, desde luego. Mi madre apareció en mi hotel en Napa un día, me echó una bronca y lo siguiente que recuerdo es que salía de la iglesia del brazo de mi mujer, feliz como una perdiz.

–¿Lo ves? –exclamó Aidan.

Logan puso los ojos en blanco. Pero luego giró la cabeza y vio que Grace le daba una notita que Sally se guardó en el bolso después de darle un abrazo.

–Eso ha sido un poco raro, ¿no? –murmuró Brandon.

–¿Lo veis? Aquí está pasando algo muy raro –dijo Aidan.

Logan no dijo nada. Qué bobada, como si Sally tuviese poderes mágicos o algo parecido. Sally y Grace no estaban asociándose para nada. Sally Duke era una señora encantadora que se interesaba por todo el mundo y Grace era una chica muy simpática. Estarían hablando de cosas de mujeres. A lo mejor le había dado su número de teléfono para estar en contacto o tal vez en la nota estaba la dirección de una tienda en la que le gustaba comprar. ¿Qué más daba?

El problema era que Aidan no confiaba en Grace. De hecho, estaba convencido de que buscaba su dinero. Logan sabía que no era cierto, pero no había sido capaz de convencer a su hermano. Aunque daba igual porque su relación con Grace era algo temporal.

Pero mientras él pensaba en Grace, Aidan había convencido a Brandon con sus teorías conspiratorias.

Genial. Grace y Sally no estaban ayudando nada, además. ¿Pero qué iban a hacer, algún tipo de vudú, echarle un afrodisíaco en la cerveza?

Logan estuvo a punto de soltar una carcajada.

Grace era una chica tan práctica, tan seria, y también lo era Sally. En cualquier caso, no había nada que pudieran hacer para obligarlo a casarse.

Debía admitir que esa notita le había parecido algo rara, pero estaba seguro de que habría una sencilla explicación. Lo único que tenía que hacer era preguntarle a Grace y ella se lo contaría.

Pero no esa noche. Esa noche lo único que quería era hacer el amor con ella. Al día siguiente, decidió. Le preguntaría al día siguiente. Estaba seguro de que sería algo totalmente inocente, pero sabía que su hermano seguiría atormentándolo hasta que averiguase la verdad.

Capítulo Diez

–Voy a casarme con ella.

Cuando Aidan miró a su padre con los ojos como platos, Logan tuvo que hacer un esfuerzo para no soltar una carcajada.

–Lo dirás de broma.

–No, hablo muy serio –respondió Tom.

–¿Por qué te sorprende tanto? –le preguntó Logan–. ¿No has visto que están enamorados prácticamente desde el día que se conocieron?

–¿Tú lo habías notado? –exclamó su padre, con una sonrisa de oreja a oreja.

–Todos nos hemos dado cuenta, papá. Salvo Aidan, aparentemente.

–Lo siento, es que he estado muy liado con el trabajo… –Aidan fulminó a su mellizo con la mirada mientras soltaba la tostada en la que estaba poniendo mantequilla para abrazar a su padre.

–Me alegro mucho, papá –dijo Logan–. Sally es estupenda.

–Es verdad –asintió Aidan–. Supongo que me he quedado sorprendido porque jamás pensé que ocurriría.

–Yo tampoco –dijo su padre–. Pero sé que es la mujer perfecta para mí. He tardado mucho tiempo en encontrarla, pero al final he tenido suerte. Mucha suerte.

Logan se emocionó.

–¿Dónde está Sally? Quiero darle un abrazo.

–Yo también –asintió Aidan.

–Ahora mismo está organizando un almuerzo íntimo.

–Pero imagino que lo celebraremos esta noche, ¿verdad? Reservaré una mesa en la bodega y lo pasaremos en grande –dijo Logan.

–Muy bien, hijo –Tom sonrió, contento.

Antes de ir a buscar a Sally, Logan quería encontrar a Grace para invitarla a cenar con ellos esa noche. Le daba igual lo que Aidan pensara, quería tenerla a su lado el mayor tiempo posible mientras estuviera en la isla.

Su padre no dejaba de sonreír y deseó que esa sonrisa le durase toda la vida porque nadie merecía ser feliz más que él. Cuando pensaba en su infancia, lo único que recordaba era a su padre a su lado, siempre cariñoso con sus hijos para compensar el abandono de su madre.

Sí, Sally Duke era perfecta para él y podía ver en sus ojos lo enamorado que estaba.

Al día siguiente, los Duke y sus esposas, junto con Sally y Tom, se marcharon de la isla.

–Qué curioso cómo nos hemos convertido en una familia en unas horas –murmuró Logan–. Es como si nos conociéramos de toda la vida.

–Sí, es verdad –dijo Aidan–. Es un poco raro, pero me gusta.

–Me alegro de haber organizado la fiesta de anoche. Papá estaba más contento que nunca.

Y se alegraba especialmente de haber invitado a Grace. Se había sentido orgulloso de presentarla a su familia y ella era tan simpática que todos la aceptaron inmediatamente.

–La boda va a ser divertida –comentó Aidan.

–Papá se lo merece.

–Claro que sí.

Logan no lo dijo en voz alta, pero estaba empezando a preguntarse por qué no todo el mundo merecía ser feliz.

–Estaba pensando... ¿qué tal si construyéramos una casa para Sally y papá en la playa? Ya sé que no van a vivir aquí todo el tiempo, pero seguro que les gustaría tener una casa en Alleria.

–Tienes razón –asintió Aidan–. Eres más listo de lo que pareces. Por cierto, ¿has descubierto de qué iba la nota que Grace le pasó a Sally?

–No, aún no le he preguntado.

–Pero si estuviste con ella toda la noche.

–Anoche tenía otras cosas en mente –respondió Logan.

La noche anterior, teniendo a Grace en su cama, esa nota era lo último que le interesaba.

–Muy bien, pero pregúntale hoy ¿de acuerdo?

–Lo haré, no te preocupes.

–Si no lo haces tú, lo haré yo –le advirtió Aidan.

–Deja ya el asunto, pesado. Primero, porque se-

guramente será una tontería y segundo… sencillamente, no te metas.

Aidan levanto las manos.

–Bueno, tranquilízate. No le preguntaré si le pre-
guntas tú.

Cuando llegaron al hotel, Aidan miró el reloj.

–Tengo que hacer la maleta.

–Ah, es verdad –Logan se dio un golpe en la
frente–. Con el anuncio de la boda se me había olvidado que mañana nos vamos a Nueva York.

No quería marcharse.

Logan había estado dando vueltas por su habitación, tirando distraídamente pantalones y calcetines
en la maleta que había colocado sobre la cama, pero
mientras doblaba un traje de chaqueta se dio cuenta
de que no quería irse.

No se lo contaría a Aidan, pero lo último que le
apetecía en ese momento era ir a Nueva York y dejar
de ver a Grace. Dormían juntos todas las noches y se
había encariñado con ella. Le gustaba estar con Grace y la echaría de menos mientras estuviese en Nueva York.

–Contrólate, hombre –murmuró para sí mismo.
Solo iba a esta fuera tres días.

El problema era que no sabía el tiempo que Grace pensaba quedarse en Alleria. Llevaba allí tres semanas y, aunque no le había preguntado cuánto
tiempo pensaba quedarse, quería que estuviese allí
cuando volviera de Nueva York.

Y si tenía que volver a Minnesota unos días, tal vez podría convencerla para que dejase allí las esporas y volviese inmediatamente.

–Demonios…

¿Por qué estaba tan obsesionado?

Sacudiendo la cabeza, metió unos zapatos en la maleta y cerró la cremallera. Tal vez alejarse de ella unos días haría que viese las cosas con más claridad.

–¿Qué estás mirando?

Grace dio un respingo. No había oído pasos porque, como solía ocurrir cuando estaba con sus esporas, se concentraba tanto en lo que estaba haciendo que se olvidaba del mundo.

–Estaba mirando a estas criaturas diminutas –Grace observó a la niña que se había acercado para hablar con ella–. ¿Las ves?

–¿Esos puntitos rojos?

–Eso es. Aunque en realidad no son rojos sino más bien marrón verdoso. Pero cuando están juntos parecen rojos, es verdad.

La niña frunció el ceño.

–¿Quién eres?

–Me llamo Grace –respondió ella, incorporándose. Soy investigadora y recojo esporas para mis experimentos. ¿Quién eres tú?

–Swoozie –dijo la niña–. Estoy en el hotel con mis padres.

–¿Te gusta la Ciencia, Swoozie?

Ella negó con la cabeza.

–He suspendido Física y Matemáticas.

–Ah, vaya, esas son mis materias favoritas –Grace sonrió–. Pero yo siempre he sido un poco rara.

–A mi amiga Charlotte también le gustan las matemáticas, pero yo no las entiendo.

Swoozie debía tener nueve años y era alta para su edad, con el pelo y los ojos castaños.

–¿Cuál es tu materia favorita?

–La Literatura.

–¿Te gusta leer?

–Sí, pero lo que quiero es terminar mis estudios para irme a Europa. Quiero ser modelo.

–¿Quieres ser modelo? ¿En serio?

–Supermodelo –especificó Swoozie.

–Tendrás que aprender Matemáticas y Ciencias para ser modelo –dijo Grace.

–No es verdad.

–¿Cómo que no? Imagina que estás en París y quieres cenar después de una sesión de fotos con… Pierre, el famoso fotógrafo francés. Tendrás que calcular la diferencia entre dólares y euros y el tanto por ciento correspondiente para saber cuánto dinero debes dejar de propina.

Swoozie frunció el ceño, pensativa. Pero enseguida sonrió.

–Pero estaré con Pierre y seguramente él me invitará.

–¿Y el día que Pierre no esté contigo?

–Me buscaré otro amigo francés.

–¿Qué estás estudiando en Matemáticas ahora mismo?

–Multiplicaciones y divisiones, pero no se me dan bien.

–Hay una manera muy sencilla de aprender a hacer multiplicaciones y divisiones –dijo Grace entonces–. ¿Quieres que te la enseñe?

Logan estaba en el bar tomando un whisky de malta mientras esperaba que Grace terminase su turno. Aquella sería su última noche juntos antes de irse a Nueva York y no quería perder ni un minuto, de modo que había ido al bar para verla en acción.

Grace llevaba la bandeja con una sola mano, como una profesional… siempre que no hubiera demasiadas copas. Aunque daba igual porque los clientes la ayudaban o iban ellos mismos a buscar los cócteles a la barra.

Una pareja entró entonces en el bar y se dirigió directamente al jefe de camareros.

–¿Quién es Grace?

–Pues…

–Yo –respondió ella, sorprendida.

–¿Usted ha hablado con mi hija Swoozie esta mañana? –le preguntó la mujer.

–Ah, sí, es una niña encantadora.

–¡Muchísimas gracias! –la mujer la abrazó, emocionada–. No sabe usted la sorpresa que nos ha dado. ¡Ha vuelto a la habitación y se ha puesto a hacer sus deberes de Matemáticas sin que nosotros le dijéramos nada!

–Ah, qué bien –murmuró Grace.

–No dejaba de decir: «Ahora lo entiendo, ahora lo entiendo» –siguió la mujer–. Cuando le pregunté qué había pasado me contó que usted le había explicado cómo hacer las multiplicaciones y divisiones y, por fin, las ha entendido.

–Me alegro mucho.

–De verdad, no sé cómo darle las gracias –intervino el padre–. Pensábamos que iba a suspender otra vez, pero parece que ya lo tiene controlado. ¡Ha visto la luz!

Cuando la pareja se marchó, Logan se acercó a ella.

–Qué simpáticos –dijo Grace.

Logan no sabía qué había pasado, pero sí sabía que Swoozie no era la única a la que Grace Farrell había ayudado a ver la luz.

–Ven conmigo al aeropuerto –le dijo Logan por la mañana–. El chófer te traerá de vuelta al hotel.

Grace, en pantalón corto, camiseta y sandalias, estaba lista para salir a buscar esporas, pero Logan decidió que aún no quería despedirse de ella.

–¿De verdad quieres que vaya contigo?

–Sí –respondió él, tomando la maleta con una mano y a Grace con la otra.

Aidan estaba ya en la limusina y Logan dejó escapar un suspiro de alivio cuando Eleanor subió detrás de ellos. Una vez en el aeropuerto, Eleanor y Aidan salieron del coche, dejándolos solos para que pudieran despedirse.

–¿Seguirás aquí cuando vuelva? –murmuró Logan, envolviéndola en sus brazos.

–Sí, claro –respondió ella–. Aún me quedan un par de semanas de trabajo antes de volver a Minnesota.

–Entonces nos veremos dentro de tres días –Logan la besó de nuevo.

–Que tengas buen viaje.

Él miró a su hermano, que estaba esperando al lado del jet, y recordó que aún no le había preguntado por la nota que le pasó a Sally.

–Hay algo que llevo varios días queriendo preguntarte… –empezó a decir.

–¿Qué?

–Esa nota que le pasaste a Sally en el bar… ¿qué decía?

–¿Me viste? –exclamó Grace.

–Sí, te vi –respondió Logan, sorprendido al ver que se ponía pálida–. ¿Qué decía esa nota?

–No tengo por qué contártelo.

–¿Tienes algo que esconder?

–Pues claro. Igual que tú me escondes cosas a mí. Todo el mundo tiene sus secretos, es normal.

–¿Qué decía esa nota? –insistió Logan.

Grace apartó la mirada, pero él le apretó la mano con gesto impaciente y, al fin, suspirando, respondió:

–Eran unas indicaciones. ¿Estás contento?

–¿Indicaciones para encontrar su punto G?

–Por favor, Logan, Sally no necesita que nadie le explique dónde tiene el punto G.

–¿Entonces qué? Cuéntamelo.

Grace dejó escapar un largo y penoso suspiro.

–Era un mapa para encontrar la laguna.

¿La laguna? ¿Ese era el gran secreto? Logan frunció el ceño.

–¿Por qué quería ir allí?

–Pensaba llevar a tu padre, pero no quería que nadie supiera que iban a darse un revolcón salvaje en medio de la selva.

–Oh, no, no… –Logan se tapó la cara con las manos. Esa era una estampa que no quería imaginar. Si no fuera por el pesado de Aidan nunca lo habría sabido, pero sería un placer compartir aquella horrible imagen mental con su hermano.

–Y no te atrevas a decirle que te lo he contado –le advirtió Grace.

–No lo haré, no te preocupes. De hecho, voy a hacer todo lo posible para olvidarme de ello –Logan soltó una carcajada al ver su expresión–. Voy a darte un beso, Grace.

Ella puso las manos en su torso.

–Te echaré de menos.

Después de besarla, Logan salió de la limusina para subir al avión. Y, sin dejar de reír, subió la escalerilla y se dio la vuelta para decirle adiós con la mano.

Capítulo Once

Grace echaba de menos a Logan y solo llevaba un día fuera de la isla. ¿Qué haría cuando tuviese que volver a Minnesota?, se preguntó. Cuando se marchase de Alleria no volvería a verlo...

Tal vez era el momento de calmarse y decidir cuál era la mejor manera de lidiar con la situación, pero después de una noche en vela no era capaz de concentrarse en nada. Cada vez que cerraba los ojos veía a Logan y el nudo que tenía en el estómago le recordaba que aquello solo era el principio. Que dejar a Logan sería lo más difícil que tendría que hacer en toda su vida.

Por la mañana estaba tan cansada y tan triste que pasó más de cinco horas buscando esporas, pero ni siquiera eso podía llenar el vacío que sentía en el corazón. Esa noche, trabajó sin descanso en el bar e incluso se quedó una hora más para ayudar a sus compañeros.

Le encantaba la camaradería que había entre ellos y a veces le gustaría quedarse allí porque eran más divertidos que sus compañeros de la universidad. Triste, pero cierto.

Pero aunque le gustaría quedarse en la isla para siempre, sabía que debía volver al laboratorio. Su trabajo allí era importante. Además, aquel no era su mundo. Ella había vivido casi toda su vida en la universidad… ¿de verdad podía dejar eso atrás? ¿De verdad podía verse viviendo en aquel paraíso?

Pensó en Logan y en las noches que iba a buscarla al bar… pero no podía vivir allí para siempre y, por lo tanto, tendrían que despedirse. Y eso le daba pánico.

Trabajar tantas horas no había conseguido que se olvidase de él y tampoco ayudaba que esa noche hubiera un aviso de tormenta tropical. Era una tormenta que llegaba de la costa sudamericana y amenazaba con convertirse en un huracán al acercarse a Alleria. Y ella no quería estar en medio de un huracán sin Logan.

Afortunadamente, sus compañeros tenían experiencia y sabían que el hotel era tan sólido que podría soportar cualquier cosa que les enviase la madre naturaleza.

El viento se colaba por las ventanas y el jefe de camareros pidió que las cerrasen para que los clientes estuvieran más cómodos.

–Hace frío esta noche –comentó Dee, pasándose una mano por el brazo–. Y eso que llevo una chaqueta.

–Yo debería haber traído un jersey –dijo Grace.

–¿Por qué no vas a buscarlo? Yo me encargo de tus mesas.

–¿Seguro?

–Sí, claro. Si vas a quedarte a ayudarnos, no quiero que te mueras de frío.

–Muy bien, vuelvo enseguida.

–No te preocupes.

Grace salió del bar, pero cuando se dirigía a su habitación recordó que había dejado el jersey rosa en la suite de Logan la noche anterior. Él le había dado una llave para que la usara cuando trabajaba hasta muy tarde, de modo que se dirigió hacia allí.

En cuanto encendió la luz vio el jersey sobre una silla, pero mientras se lo ponía vio un plano sobre el escritorio.

Curiosa, se acercó para echar un vistazo y sonrió al ver que eran los planos del centro deportivo en el que Logan había puesto tanta ilusión. Esa era la razón por la que había ido a Nueva York, para hablar con los inversores.

Estudiar los planos la hizo sentir más cerca de él. Sabía que Logan habría mirado esos mismos planos y probablemente habría imaginado el centro mil veces… pero entonces se fijó en algo: el gigantesco centro deportivo estaría en el palmeral.

–No –susurró.

Debía estar interpretando mal los planos, pensó. Pero después de unos minutos estudiando cada página, supo que la había traicionado. Logan le había mentido. Iba a construir en el palmeral.

El palmeral donde vivían sus esporas.

La había dejado hablar sobre lo importante que era su investigación, sobre lo maravillosas y necesarias que eran esas esporas… sin decirle que iba a cubrirlas de cemento.

Logan y su hermano tenían intención de construir el centro deportivo directamente encima de ellas.

Grace dio un paso atrás, atónita. Tenía que ser un error… pero ella sabía que no lo era. ¿Por qué no se lo había contado Logan? Él sabía lo importante que era su investigación. ¿Había estado pasando el rato con ella in pensar en sus sentimientos? Tal vez seguía queriendo echarla de la isla…

No, eso era ridículo. Aquello no era personal. No tenía nada que ver con ella. Sencillamente, era su negocio. Iba a destruir las esporas para construir un centro deportivo con el que ganaría mucho dinero. Le importaba un bledo la posibilidad de curar enfermedades y salvar vidas.

–Ay, no… –murmuró. Su plan no solo destruiría las esporas sino las bases de su investigación. Tarde o temprano las esporas que había recolectado se secarían y no habría forma de seguir adelante.

Tenía que calmarse, pensó. Seguiría habiendo esporas en Alleria; Logan no iba a destruir todas las palmeras de la isla. Pero la cuestión era que él sabía lo importante que era ese palmeral para ella y, sin embargo, había decidido destruirlo.

–¿Cómo puede hacer eso? –murmuró.

¿Y cómo podía ella haber confiado en Logan? Esa pregunta era más fácil de contestar, por supuesto. Sencillamente, se había enamorado de un hombre que no respetaba su vida y su trabajo.

Dejando escapar un gemido, Grace salió de la suite para dirigirse a su habitación. Algunos compañeros que se cruzaron con ella intentaron saludarla, pero Grace no los veía. Con los ojos llenos de lágrimas y el corazón roto, no sabía qué hacer.

Una vez en su habitación, cerró la puerta y se tiró sobre la cama, llorando. Podía haber estado allí unos minutos o unas horas, no estaba segura y le daba igual. Por fin, tomó el móvil para llamar a su amiga y mentora, Phillippa.

–Grace, ¿eres tú? ¿Qué ocurre?

Grace le explicó la situación y se sintió satisfecha cuando Phillippa soltó una palabrota.

–¿Cómo puede hacerte eso? ¿Tú sabías que ese ecosistema le importaba un bledo?

Tal vez, pero a pesar de todo Grace no podía soportar que alguien criticase a Logan. Ella solo quería salvar sus esporas.

–¿Qué puedo hacer, Phillippa?

–Podemos hablar con un juez para pedir una orden judicial que le impida poner un solo ladrillo.

Antes de colgar, Phillippa le contó que Walter había conseguido la beca y Grace se dejó caer sobre una silla, sin palabras. Sí, volvería a la universidad y le explicaría al comité que Walter había mentido. Y les presentaría sus últimos descubrimientos basados en su recolección de esporas en la isla. ¿Pero cómo podía el comité haber creído las mentiras de Walter? ¿Cómo podían haberle dado un céntimo?

Era un golpe doble. Había sido traicionada en dos frentes. Odiaba tener que volver a la universidad y dar explicaciones al comité. Claro que eso sería pan comido comparado con lo que sentiría si se quedase en la isla.

No, no quería ver a Logan después de descubrir que se había mofado de ella. Las mentiras de Walter no eran nada comparadas con esa traición. Había creído que él era diferente y le dolía descubrir que estaba equivocada.

Suspirando, sacó la maleta del armario y empezó a guardar sus cosas, aunque no era fácil porque tenía los ojos llenos de lágrimas.

Entonces sonó un golpecito en la puerta...

Por un segundo, Grace pensó que podría ser Logan, pero luego recordó que estaba en Nueva York.

Era Dee.

–Gracie, ¿por qué no has vuelto al...? –entonces miró alrededor, sorprendida–. ¿Estás haciendo la maleta?

–Me voy a casa.

–¿Por qué? ¿Que ha pasado?

–Nada –respondió Grace. Luego se dio cuenta de lo absurdo que sonaba eso y, dejándose caer sobre la cama, le contó toda la historia.

–Qué raro –dijo su amiga–. Logan no es una persona desconsiderada y tampoco se aprovecha de nadie.

–Yo también pensaba eso, pero he visto los planos con mis propios ojos. No hay ningún error.

Dee se sentó a su lado.

–No quiero que te vayas, Gracie, pero lo entiendo. Siento mucho que Logan te haya hecho daño. Que te vayas de aquí no significa que tengamos que dejar de ser amigas –dijo Dee entonces.

–Claro que no –Grace la abrazó, intentando contener la emoción.

–¿Quieres que te ayude a hacer la maleta?

–No, no hace falta, pero gracias de todas formas.

–Tengo que volver al bar…

–Lo sé, tranquila. Te llamaré cuando llegue a casa, lo prometo.

Cuando terminó de guardar sus cosas, Grace llamó a recepción para preguntar por el horario de los vuelos y eso le provocó una nueva oleada de lágrimas. Le gustaba tanto Alleria… se había encariñado con la isla y con sus compañeros y echaría de menos el palmeral, la laguna, la playa y sus pobres esporas…

Y amaba a Logan.

A pesar de lo que había hecho, se había enamorado de él. Y aunque significaba que era la mujer más tonta del mundo porque lo amaba y lo amaría siempre, que no pudieran estar juntos hacía que se le rompiera el corazón.

Pasó la noche en vela, escuchando el sonido del viento, y por la mañana, después de despedirse de sus compañeros, dejó una amable nota para Logan en recepción y se dirigió al aeropuerto.

El jet llegó a altitud de crucero y Logan estiró las piernas. Las reuniones con los inversores habían terminado, tenían el dinero que necesitaban y el centro deportivo de Alleria pronto sería una realidad.

Eleanor entró en la cabina con una botella de champán.

–Gracias, Ellie.

El ambiente era festivo y brindaron por el éxito.

–Lo hemos hecho bien –dijo Aidan.

–Muy bien –asintió Logan.

–¡La vida es maravillosa! –exclamó Ellie.

Todos rieron.

–Estoy deseando ver a Grace –dijo Logan después.

–¿Qué? –exclamó Aidan.

–¿Lo he dicho en voz alta?

–Sí, lo has dicho en voz alta.

Logan miró de Ellie a su hermano.

–Ah.

–Ah, demonios –su hermano se echó hacia atrás en el asiento–. Ya está, ya lo has hecho.

–¿Qué he hecho?

–Te has enamorado de ella.

–No digas… –Logan iba a protestar automáticamente, pero se detuvo.

Enamorado. Pensar en esa palabra no hacía que quisiera salir corriendo. ¿Significaba eso que era cierto? ¿Estaba enamorado de Grace? La idea no le parecía espantosa como le hubiese parecido un mes antes. De hecho, lo hizo sonreír.

Desde que habló con Brandon en la playa había pensado mucho en el pasado, en el futuro, en el amor, en el riesgo, en la confianza.

Siempre había temido confiar en el amor. Se había convencido a sí mismo de que debía casarse con Tanya, pensando que debería intentarlo al menos, y había sido un desastre. Pero nunca la había amado de verdad. El hecho de que ella lo hubiese engañado con otro hombre era una excusa tan buena como cualquier otra para no volver a intentarlo nunca.

Pero esos días alejado de Grace habían hecho que se diera cuenta de algo: el mundo le parecía un sitio gris y vacío sin ella y estaba deseando volver a casa para verla. Quería saber qué había hecho durante esos días y que le diese noticias de sus queridas esporas...

Era asombroso aceptar que se había enamorado por primera y última vez en su vida.

Logan repitió esas palabras en su cabeza varias veces y cuando estuvo seguro de que no iba a caer fulminado por un rayo, decidió decirlas en voz alta:

–Estoy enamorado de Grace.

Aidan enterró la cara entre las manos.

Mientras bajaban por la escalerilla del jet, Aidan le pasó un brazo por los hombros.

–Me pregunto si papá y Sally estarán en el jacuzzi ahora mismo... ¿cómo lo describió Grace? Ah, sí, dándose un revolcón salvaje.

Logan se tapó las orejas con las manos.

–Por favor, no me tortures.

Su hermano soltó una carcajada.

–Bueno, voy a decir algo que jamás pensé que diría: la verdad es que me gusta, hermanito.

–Me alegro porque estoy enamorado de ella y no hay nada que hacer.

–Si tenías que enamorarte de alguien, creo que has elegido bien.

Su hermano sonrió.

–Vamos a darle la buena noticia.

Cuando entraban en el vestíbulo del hotel tirando de sus maletas, Harrison, el encargado de recepción, les hizo un gesto con la mano:

–Tengo una carta para usted, señor Sutherland.

Aidan tomó el sobre, pero después de mirarlo se lo dio a su hermano.

–Es para ti.

Logan lo abrió allí mismo, pensando que sería algo poco importante, pero un minuto después dejaba caer la nota al suelo, atónito.

Aidan se inclinó para recoger la nota y después de leerla lanzó una exclamación.

–¿Se ha ido? ¿Grace se ha ido de la isla? ¿Qué le has hecho?

Logan sacudió la cabeza, desconcertado.

–No sé…

–Vamos a llamarla por teléfono.

Se dirigían a la suite de Logan, pero antes de que pudiesen entrar, Dee llegó corriendo por el pasillo.

–¡Ahí estas! –exclamó–. ¿Por qué lo has hecho?

Logan la llevó hacia un sillón frente al escritorio mientras Aidan cerraba la puerta.

–Siéntate y habla. ¿Qué es lo que sabes?

–Me da igual que seas mi jefe –empezó a decir Dee, furiosa–. Lo que has hecho…

–¿Pero qué ha hecho? –exclamó Aidan.

–Él sabe muy bien lo que ha hecho –respondió

Dee, señalando a Logan… y luego a Aidan–. ¿Quién es quién?

–Yo soy Aidan –dijo él–. Y ahora, cuéntanos qué ha pasado.

Logan se sentó tras el escritorio y escuchó la historia, perplejo.

–Pero no entiendo nada –empezó a decir cuando Dee terminó–. No vamos a matar a las esporas.

–Eso es lo que Grace dijo que haríais. Por si no era suficiente que ese cerdo de Walter le hubiera roto el corazón, ahora tienes que venir tú…

–¿Quién demonios es Walter? –la interrumpió Logan, con una voz que ni él mismo reconoció.

Dee les contó la traición de Walter y luego se marchó, dejando a los dos hombres pensativos.

Logan miró los planos durante largo rato. Pero eran los planos antiguos, los nuevos estaban en la oficina…

–¡Ya sé lo que ha pasado!

–¿Qué?

–¡Estos son los planos antiguos, pero Grace ha creído que iba a echar cemento sobre el palmeral!

–Ahora entiendo que saliera corriendo.

–¡Maldita sea! –exclamó Logan.

–Bueno, no pasa nada, llámala y explícale lo que ha pasado.

–No ha confiado en mí. Ni siquiera se ha molestado en llamar para preguntarme. Sencillamente, ha pensado lo peor de mí y se ha marchado… –Logan sacudió la cabeza–. ¿Quién ha traicionado a quién?

Entonces sonó un golpecito en la puerta.

–¿Y ahora qué? –murmuró Aidan, irritado.

Al otro lado había un hombre que le ofreció un documento.

–¿Qué es esto?

–Una orden judicial. Firme aquí.

Logan paseaba por la oficina como un animal enjaulado. Habían pasado tres días desde que Grace se marchó de Alleria, tres días en los que había estado castigándose a sí mismo por enamorarse de una mujer que estaba dispuesta a marcharse sin decirle una palabra. Grace lo había abandonado como lo había abandonado su madre, tan fácilmente como su traidora esposa.

Enamorado... le daban ganas de echarse a reír.

Pero, con un poco de suerte, aprendería la lección: que, sencillamente, el amor no existía para él.

Mientras paseaba frente a su escritorio por enésima vez, Logan vio la orden judicial y su rabia aumentó. Miró los nuevos planos y luego el plano original que había provocado el problema...

Y empezó a formular un plan.

Grace se sentía desconcertada y más triste que nunca. Siempre había podido contar con la Ciencia para aclarar cualquier pregunta, pero lo que sentía por Logan sencillamente no era lógico. Si aquello era amor, ¿por qué tenía que doler tanto?

Había intentado concentrarse en su trabajo, pero había descubierto que el mundo académico no tenía todas las respuestas. Tal vez siempre había sido así pero, sencillamente, antes era todo lo que tenía. Ahora solo podía recordar a Alleria y a Logan.

Pero esa parte de su vida había terminado, de modo que había solicitado fondos para su investigación y estaba esperando la respuesta. La había animado un poco saber que Phillippa y dos jefes de departamento habían protestado por los fondos que había recibido Walter y que incluso habían amenazado con tomar medidas legales. Phillippa le prometió que mientras tuviese un aliento de vida, Walter no se saldría con la suya y, conociéndola, Grace sabía que solo era cuestión de tiempo que Walter tuviese que acudir a los tribunales con el rabo entre las piernas.

Afortunadamente, porque ahora más que nunca necesitaba fondos para su investigación. Era todo lo que le quedaba después de haber perdido a Logan.

Claro que no lo había perdido porque nunca había sido suyo, se dijo. Pero pensar eso la hacía llorar de nuevo, de modo que miró el microscopio y se perdió a sí misma en el mundo de las esporas.

Oyó que la puerta del laboratorio se abría y unos pasos a su espalda. Seguramente sería Phillippa y algún técnico del laboratorio, pensó. Fuera quien fuera, no estaba interesada en hablar con nadie.

–Está ahí –oyó que decía Phillippa.

–Sí, ya la veo –escuchó entonces la voz de un hombre.

Grace se volvió, perpleja, a tiempo para ver a Phillippa salir del laboratorio y cerrar la puerta.

–¡Logan!

–¿Cómo estás, Grace?

–Yo…

¿Cómo estaba? ¿Triste? Solitaria? ¿Desolada? ¿Enamorada?

Sin esperar respuesta, él se acercó con un sobre en la mano.

–Esto es para ti.

Grace miró el sobre y luego a él. Estaba tan guapo como siempre, aunque parecía cansado.

Daba igual, seguía siendo el hombre más guapo que había visto nunca. Y el único hombre al que había amado en toda su vida. Las lágrimas le nublaban la visión y se giró un poco para que Logan no se diera cuenta.

–¿Qué es?

–Es la escritura del palmeral y de esa parcela en la colina donde crecen tus esporas… a tu nombre. Si te hubieras quedado en Alleria un día más podría habértelas dado antes de que te fueras.

Grace miró el sobre, atónita.

–¿Qué…? Pe-pero… ¿por qué?

–¿Por qué? –repitió Logan, cruzando los brazos sobre el pecho–. Porque así sabrás con toda seguridad que tus esporas están a salvo.

–¿Están a salvo?

–Pues claro que sí, Grace. Has conseguido una orden judicial que me prohíbe construir en el palmeral, de modo que están a salvo. Lo que no entiendo es por qué pensaste que acostándote conmigo salvarías tus malditas esporas. Podrías haberme preguntado, sencillamente.

Ella lanzó una exclamación.

–¡Yo no me he acostado contigo para salvar las esporas!

–No confiaste en mí y no lo entiendo. ¿Es que no sabes que yo nunca destruiría nada que fuese importante para ti?

–Yo no...

–Si quieres que te sea sincero, no tiene nada que ver contigo –siguió Logan–. Habíamos cambiado de idea sobre el sitio donde íbamos a construir el centro deportivo.

Grace frunció el ceño.

–Pero yo vi los planos...

–Lo que viste fueron unos planos obsoletos que tenía en mi escritorio simplemente como referencia. Así que la próxima vez que decidas espiar, comprueba las fechas.

–¿No ibas a construir el centro deportivo en el palmeral?

–No.

Grace dejó escapar un largo suspiro.

–Yo pensé...

–Que iba destruir un ecosistema como ese sin pensármelo dos veces –la interrumpió Logan–. Y si pensabas eso, es lógico que salieras corriendo.

–Pero yo...

–Pensaste que no entendía lo que ese palmeral significaba para ti.

–Creí que no te importaba.

–Pues me importa –dijo él–. Eres tú a quien no le importa. Eres tú quien no ha confiado en mí.

Grace parpadeó para controlar las lágrimas, pero era demasiado tarde.

–Lo siento mucho. Pensé que no te importaban mis investigaciones.

–Me importas tú, Grace. Y deberías haber confiado en mí –Logan se acercó para ponerle el sobre en la mano–. Ahí tienes tus malditas esporas. Ya tienes lo que querías –añadió, antes de darse la vuelta.

–Yo te quería a ti –murmuró Grace.

Él se volvió, riendo amargamente.

–¿A mí? No, tú eres demasiado lista para eso.

Cuando salió y el laboratorio se quedó en silencio, Grace enterró la cabeza entre las manos, con el corazón roto.

Un minuto después, notó que alguien le ponía una mano en el hombro…

–¿Logan?

–Soy yo, Grace –respondió Phillippa–. He estado escuchando la conversación… lo siento, no he podido evitarlo.

–He sido una tonta.

–Desde luego.

–Oye, ¿de qué lado estás tú?

–Del tuyo, siempre. Pero ese hombre debe quererte mucho para poner un ecosistema a tu nombre. Y venir hasta aquí solo para darte la escritura… ¿qué sientes tú por él?

Grace se pasó una mano por la cara.

–No lo sé. Me duele el corazón y no puedo ni levantarme.

–Ah –murmuró Phillippa, colocándose las gafas sobre el puente de la nariz–. Parece que tú también estás enamorada. Y yo diría que vas a tener que darle muchas explicaciones si quieres volver con él.

De nuevo en la isla, Logan estaba volviendo loco a todo el mundo. Se quejaba de cualquier cosa, encontraba fallos donde no los había y le contaba a todo el mundo que se sentía engañado, traicionado y abandonado. Y como era el jefe, todos tenían que escucharlo.

Lo que no le dijo a nadie era que echaba de menos a Grace, que no podía dejar de pensar en ella. Los días eran interminables, pero las noches eran una tortura. No podía dormir, no podía comer, no podía disfrutar de un paseo por la playa porque no dejaba de verla por todas partes.

Aidan abrió dos latas de cerveza y le dio una a su hermano.

–Tienes que dejar de quejarte. Empiezas a sonar como una quinceañera y creo que estás asustando a los empleados.

–Me da igual.

Aidan se quedó callado un momento mientras tomaban la cerveza, pero el silencio no podía durar.

–Una vez me dijiste que parte del encanto de Grace era que no esperaba nada de ti.

–Yo nunca he dicho eso.

–Sí, lo dijiste. Y es evidente que Grace nunca ha esperado mucho de un hombre, así que…

–¿Desde cuándo eres psicólogo?

–Solo intento ayudarte, Logan. Me duele ver que te comportas como un idiota.

–Cometí un error enamorándome de Grace, pero estoy decidido a dejarlo atrás, ¿de acuerdo? Puede que tarde algún tiempo, así que te agradecería que tuvieses un poco de paciencia.

–El tiempo no va a ayudarte –dijo Aidan con expresión solemne.

Logan no lo creía. Superaría aquello, estaba seguro.

Pero su comportamiento no cambió en los días siguientes, de modo que Aidan y la mayoría de los empleados optaron por no dirigirle la palabra.

El teléfono sonó y Logan contestó con un gruñido:

–¿Qué?

–Tenemos un problema en el bar –respondió Aidan–. Ven aquí ahora mismo.

Logan sacudió la cabeza, irritado. ¿Por qué no podía Aidan solucionar el problema y dejarlo en paz?

Murmurando una palabrota, se levantó del sillón y salió de la oficina. Pero cuando estaba a punto de entrar en el bar, escuchó un estruendo de cristales rotos.

–¿Pero qué demonios…? –exclamó.

Al entrar en el bar, lo único que vio fue a Grace con un bikini increíblemente sexy y un pareo transparente. Estaba a unos metros de él, mirando un montón de copas rotas en el suelo.

–Vaya –murmuró.

–Hola, Grace.

–Ah, hola, Logan.

–Estás despedida –dijo él, antes de darse la vuelta para no hacer alguna estupidez como tomarla en brazos y besarla hasta que se quedase sin respiración. Él sabía que el sexo no era la respuesta, aunque la deseaba más que nunca. Que estuviera allí no significaba que las cosas hubieran cambiado.

–No puedes despedirme.

Logan se volvió.

–¿Por qué no?

–Porque te quiero.

A Logan el corazón le dio un vuelco en el pecho.

–¿Ah, sí? Pensé que eras demasiado lista como para enamorarte de alguien como yo.

Grace sonrió.

–Me he enamorado de ti precisamente porque soy lista –le dijo, poniéndole una mano en el torso.

Logan no podía moverse. De hecho, no quería moverse. El roce de su mano era suficiente para calmar el dolor que había sentido esos últimos días.

–Grace…

–Sé que no es excusa, pero me había acostumbrado a que los hombres me engañasen o me abandonasen y pensé que tú habías hecho lo mismo.

–No confiaste en mí.

–Sí confiaba en ti, confiaba con todo mi corazón.

–Pero no me confiarías tus esporas –insistió Logan–. No confiaste en que haría lo que debía hacer.

–Y me equivoqué, lo admito. ¿Puedes perdonarme?

–No estoy seguro.

–¡Por favor! –exclamó Aidan, exasperado–. Dale un beso y haced las paces de una vez.

Logan lo fulminó con la mirada.

–Tú mejor que nadie deberías entender por qué la confianza es tan importante.

–Sí, sí, ya, tu mujer te engañó, bla, bla, bla... –Aidan hizo un gesto con la mano–. Pero antes de eso, y gracias al cambiazo, ya habíamos descubierto que no podía distinguirnos.

–¿Se puede saber dónde quieres llegar, Aidan?

–Grace supo que no eras tú un segundo después de mirarme. Porque te quiere, hasta yo me he dado cuenta. Y creo que se ha ganado tu perdón, ¿verdad que sí, Grace?

La dulce sonrisa que Grace dedicó a su hermano lo enfadó aún más.

–Nunca se me ocurrió pensar que te importaría mi trabajo –empezó a decir ella–. A nadie le han importado nunca mis sentimientos y pensé que a ti tampoco...

–Pero es que me importas.

–Lo sé, por eso he vuelto. ¿Me das un beso?

Logan suspiró, derrotado.

–Te quiero, Grace.

–Yo también te quiero –Grace se puso de puntillas para buscar sus labios y Logan la envolvió en sus brazos.

—Pero estás despedida. No puedo dejar que sigas rompiendo copas.

—Como quieras, pero no pienso irme de aquí.

—¿Y tu laboratorio?

—Lo tengo todo pensado —dijo Grace—. Mis esporas están aquí, de modo que puedo seguir con mi investigación.

—Estupendo —asintió Logan—. Te haré un laboratorio mejor que el que tienes en la universidad.

—¿Lo dices en serio?

Logan vio que los ojos de Grace se llenaban de lágrimas y se conmovió por aquella mujer que le había robado el corazón.

—Haría cualquier cosa por ti, Gracie. Si no hubieras vuelto a la isla yo habría tenido que ir a buscarte porque no puedo vivir sin ti.

Todos empezaron a aplaudir mientras Logan y Grace sellaban su amor con otro largo beso y la promesa de estar juntos para siempre.

Deseo

Danza de pasión

KATHERINE GARBERA

Quizá debido al húmedo calor, quizá al palpitante ritmo de la música, Nate Stern, millonario copropietario de un club nocturno, no pudo resistirse a los encantos de Jen Miller. Aunque en Miami se le consideraba un playboy, jamás coqueteaba con sus empleadas. Sin embargo, Jen le hizo romper aquella regla de oro. Aunque Jen sabía que acostarse con su jefe era peligroso, el encanto de ese hombre de negocios le hizo bajar la guardia. De sobra conocía la fama de Casanova de Nate; pero cuando él la rodeaba con los brazos, le era imposible resistirse.

Bailando con el deseo

¡YA EN TU PUNTO DE VENTA!

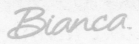

Ella debía ocultar su vulnerabilidad y controlar la atracción que existía entre ellos desde el primer momento...

Cuando el negocio de Elsa entró a formar parte de sus adquisiciones, Blaise Chevalier pensó en deshacerse de él, como solía hacer con las empresas que no generaban suficientes beneficios. Pero entonces conoció a Elsa. Una mujer hecha de una pasta tan dura como él, que se convirtió en una fascinante adversaria con la que pretendía divertirse un poco...

Elsa era una mujer orgullosa, fuerte y bella, que estaba decidida a demostrarle a Blaise que se equivocaba acerca de su negocio y de su valía profesional.

Atraída por su enemigo

Maisey Yates

Millonario encubierto
MICHELLE CELMER

Brandon Dilson tenía que hacerse pasar casi por analfabeto para desenmascarar las actuaciones fraudulentas de la asociación benéfica de su enemigo. En realidad, era un ranchero multimillonario y fue toda una ironía que la asociación lo mandase a ver a una asesora de imagen, la guapa y encorsetada Paige Adams.
Paige, una mujer hecha a sí misma, sabía que su aventura con Brandon era tan imprudente como inevitable. No solo había mezclado el placer con los negocios, sino que iba a descubrir

que estaba enamorada de un impostor. Pero ella también tenía una sorpresa para Brandon, una sorpresa que podía cambiar la vida de ambos...

Las apariencias pueden engañar

¡YA EN TU PUNTO DE VENTA!